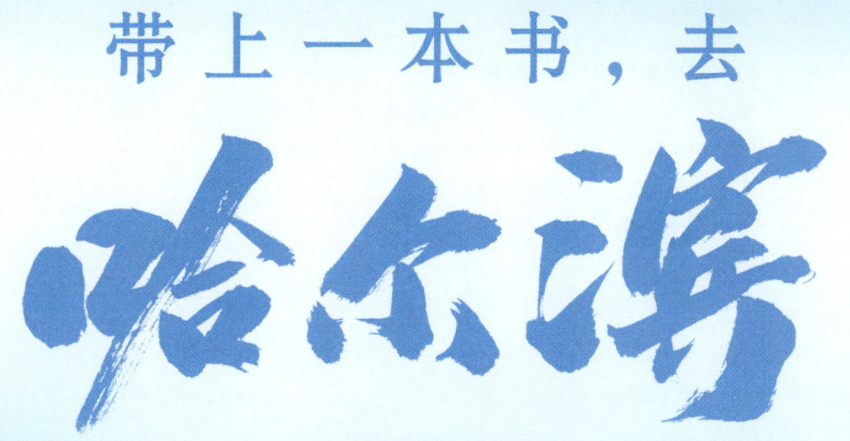

带上一本书,去
哈尔滨

刘冬颖 著

华文出版社
SINO-CULTURE PRESS

图书在版编目（CIP）数据

带上一本书，去哈尔滨 / 刘冬颖著. -- 北京 : 华文出版社，2025.1. -- ISBN 978-7-5075-6044-2

Ⅰ．I267

中国国家版本馆 CIP 数据核字第 2024AG5068 号

带上一本书，去哈尔滨

作　　者：	刘冬颖
责任编辑：	方昊飞
责任印制：	刘力新
出版发行：	华文出版社
地　　址：	北京市西城区广外大街 305 号 8 区 2 号楼
邮政编码：	100055
网　　址：	http://www.hwcbs.cn
电　　话：	编 辑 部 010-58336265
	总 编 室 010-58336239　　发 行 部 010-58336202
制　　版：	北京禾风雅艺文化发展有限公司
经　　销：	新华书店
印　　刷：	天津画中画印刷有限公司
开　　本：	880mm×1230mm　1/32
印　　张：	11.625
字　　数：	210 千字
版　　次：	2025 年 1 月第 1 版
印　　次：	2025 年 1 月第 1 次印刷
标准书号：	ISBN 978-7-5075-6044-2
定　　价：	72.00 元

版权所有，侵权必究

目录・Contents

引子
从1899年的哈尔滨火车站出发

01 冰・雪

到冰雪大世界，读冬天的童话　　014
在冰封三尺的江河上，散步如何？　　021
飞雪迎春呼兰河，遇见萧红　　030
到太阳岛，与雪雕来个拥抱　　038
半江春水半江冰——哈尔滨之春　　048

02 建筑・故事

中央大街，一条街就是一座博物馆　　056
中华巴洛克，历史的烟火漫卷　　068
马迭尔宾馆，百年摩登与风流　　078
圣・索菲亚教堂，入诗入梦的钟声　　089
铁路局"黄房子"，哈尔滨的主色调　　098
一颗纽扣，讲述防洪胜利纪念塔英雄故事　　108
哈尔滨文庙，那些被雕刻的老时光　　117

03 音乐·啤酒

哈尔滨音乐地图——用音乐导航哈尔滨　134
哈尔滨音乐博物馆——一座城市的音乐史诗　150
哈尔滨大剧院：湿地、交响乐和格桑花　162
举杯邀世界，醉美哈尔滨　173

04 花儿·城市

五月丁香开：一朵花读一座城　186
萧红故居的沙果红了　197
老道外古梨园：百年梨花白　211
你好啊，萱草！　222

05 博物馆·往事

黑龙江省博物馆，解锁黑龙江的前世今生　232
哈尔滨博物馆捎来"丁香消息"　242
南岗博物馆，老哈尔滨的生活百态　257
东北烈士纪念馆，珍存红色历史　268
第四野战军纪念馆，双城堡往事　279
金上京历史博物馆，金源文化的标签　292

06 美食·时光

锅包肉、铁锅炖、烤鹅蛋：这些美食最东北！　308
列巴、红肠、酸黄瓜的绝妙搭配　318
百年西餐厅：穿越时光绽放的味蕾　326
我在露西亚等你：赴浪漫下午茶之约　338
哈尔滨早市：暖暖的人间烟火气　352

后记　362

引子

从1899年的
哈尔滨火车站出发

沧桑百年,每一个从这里出发和到达的人都是过客,哈尔滨火车站却守望成一道风景。它记录了人们的相逢、离别和梦想,也见证了这座城市的历史、发展和风云变迁。

奔赴"尔滨"的冰雪奇缘，起点，应是哈尔滨火车站。

去某些城市旅游，下了火车奔景点；来哈尔滨旅游，下了火车，车站本身就是景点，是哈尔滨的故事开始的地方。

走进哈尔滨火车站，仿佛能穿越时空隧道，走进一本名为"哈尔滨"的历史书籍。站前的圣·伊维尔教堂、站内的大钟、欧式风格的站台，都镌刻着这座城市的过去和现在，人们一下火车便会被"惊艳"到。百余年历史中，每一位经过的旅客都在这里留下了自己的故事，与这个城市建立了某种微妙的关联。与哈尔滨火车站的合影，成为许多游客到达"尔滨"后发的第一条朋友圈。

火车拉来的城市

1899年10月，中俄共同修筑的东清铁路（中东铁路前身）修建了一个中心枢纽——秦家岗站，搭起了一排临时矮房，作为站长办公室、电报室和行车人员休息室。1901年，又在出口南侧建起一幢砖石结构的小二楼。1903年7月14日，东清铁路正式通车，秦家岗站更名为哈尔滨站。

中东铁路建成初期，全线共有104个车站，哈尔滨站是其中的一等站，也称总站、中央火车站。1904年，由俄国建筑师基特维奇设计的哈尔滨站第一代站房建成，投入使用。站房总建筑面积2700平方米，采用当时风靡俄罗斯及西欧的新艺术运动建筑风格，一经亮相，其优雅与艺术魅力就征服了世界，成为哈尔滨的地标。

因为先有铁路、后建城市，哈尔滨又被称为"火车拉来的城市"。

引子　从 1899 年的哈尔滨火车站出发

哈尔滨火车站前的圣·伊维尔教堂

1903年7月14日，东清铁路全线通车，这是当时的蒸汽火车

老哈尔滨火车站（1904—1959），是新艺术运动建筑风格的代表作

1904年落成的哈尔滨火车站与站台，曾是东清铁路的运输中枢

火车轮一转，不仅带来了丰富的人力、物力和财富，更是拉动了一个城市的崛起。

哈尔滨依托其得天独厚的地理位置和交通优势，迅速成长为一个充满活力的国际大都市，商贾云集，文化繁荣，吸引众多外国人前来定居。据统计，在20世纪初，有33个国家和地区的16万侨民居住在哈尔滨，更有19个国家在这里设立领事馆。快速国际化，使哈尔滨成为"洋气"的代名词。

哈尔滨火车站，正是联结中国与世界的一个重要衔接点。

作家阿成是哈尔滨人。他曾在文章中深情满满地说："那座老火车站的确是一座珍贵的艺术品。"哈尔滨火车站（老哈站）的建筑设计大气、洋气，过去100多年间，一直是人们到哈尔滨旅游的必打卡地。

沧桑百年，每一个从这里出发和到达的人都是过客，哈尔滨火车站却守望成一道风景。它记录了人们的相逢、离别和梦想，也见证了这座城市的历史、发展和风云变迁。其中也有一些重要的历史大事件：

1909年10月26日，参与发动中日甲午战争的日本首相伊藤博文，在哈尔滨站一站台，被朝鲜爱国义士安重根刺杀身亡，震惊世界。俄罗斯中国俄侨历史研究专家叶莲娜·塔斯金娜的《哈尔滨：鲜为人知的故事》一书中，还记录了这一重大事件中的一个富有戏剧性的插曲：俄罗斯远东电影的先驱者潘捷列依蒙·瓦西里耶维奇·科勃采夫（1864—1935）自1905年起旅居哈尔滨，他曾用电影胶片真实地记录了哈尔滨抗击鼠疫的历史事件，为世人所知。伊藤博文访问哈尔滨时，科勃采夫是专门为拍摄欢迎伊藤博文场面而安排的摄影师，结果却拍摄到了安重根刺杀伊藤博文的情景。他所拍摄的哈尔滨火车站的这一段影片轰动一时。

中华人民共和国成立初期，毛泽东两次经哈尔滨火车站到东北视察，在哈尔滨为当时的松江省委、哈尔滨市委和哈尔滨市第二次团代会题写了"不要沾染官僚主义作风""学习""奋斗""发展生产""学习马列主义"等五幅题词，鼓舞了哈尔滨人的干劲儿。这五幅题词，现保存于革命领袖视察黑龙江纪念馆，是爱国主义教育学习的重要内容，指引着哈尔滨人的工作和生活。

钢铁与新艺术运动风格的完美结合

经历过4次升级改造，现在的哈尔滨火车站既有颜值又有质感，是钢铁和新艺术运动建筑风格的完美结合。车站门上挂着的那口大钟，更是神来之笔！设计师参考了老哈站大钟的设计，在充分研究伦敦大本钟和德国不莱梅火车站后，将大钟放在了蘑菇窗的中上位置，使整个车站大楼从视觉上生动起来。弧形顶部红色的"哈尔滨"站名，不仅在色彩上点睛，也寓意着哈尔滨的红红火火。

车站外观是百年前老哈站设计的复古风貌，内核却是现代化铁路的各种高科技设施，壮观的建筑让人叹为观止。大厅宽敞明亮，墨绿色玻璃造型装饰着站房的入口连廊、栏杆、电梯等处，与"竖琴"形制的雨棚建构合一，传递着哈尔滨"世界音乐之城"的独特艺术符号。

墨绿色的复古工业风，金色的标牌，自然飘逸的艺术曲线，线条柔硬相结合，天光从棚顶天窗中打进来，光影交融，氛围感

引子　从1899年的哈尔滨火车站出发

现在的哈尔滨站延续了老哈站的新艺术运动建筑风格，自然、简洁、质朴，没有过多奢华的装饰，曲线流畅灵动

拉满，仿佛一下就把人带回到了工业革命时代，而停靠在站台上的高铁又让人感叹，此情此景正是现实和历史的完美交融。在这里，你可以暂时放下旅途的疲惫，静静地感受这座城市的脉搏，聆听火车汽笛声中蕴含的远方呼唤。

去霍格沃茨，搁这儿坐车

哈尔滨火车站还是中国最有魔法元素的火车站，是网友心目中的"霍格沃茨魔法学院哈尔滨分院"，被亲切地称呼为"哈尔滨分茨"。复古范儿十足的哈尔滨火车站，简直就是"哈利·波特"9¾站台的复制粘贴版,走在站台上,仿佛一转头,就能看到哈利·波特和小伙伴们正推着行李车,从墙壁里冲出来,让人有一种即将去霍格沃茨魔法学校报到的期待感。网友们用东北话戏称:"去霍格沃茨,搁这儿坐车。"

车站内淡雅的米色墙壁上悬挂的欧式复古大钟,更是带有一种神秘色彩,似乎秒针一转,就会一站到达魔法世界,或者穿越回百年前。

哈尔滨是一座因火车而兴的城市,哈尔滨火车站,既是时间的见证者,也是城市发展的参与者,它不仅仅是一个简单的交通枢纽,更是一座连接过去与未来、现实与梦想的桥梁。到哈尔滨,一定记得先在这座具有欧式复古风的现代火车站里,找一找属于自己的9¾站台——"哈利·波特"系列小说中通往魔法世界的神秘入口,也寓意着我们按下了这座城市神奇之旅的"开始"按钮。

我和这本书,会带你去中央大街漫步,倾听面包石和巴洛克式建筑讲述的故事;带你品尝马迭尔冰棍,用味蕾体验哈尔滨;探访神圣庄严的圣·索菲亚教堂,拍一张欧式风情打卡照;在防洪胜利纪念塔边的江堤上坐坐,吹吹松花江的风,欣赏夕阳下的老江桥;去冰封三尺的呼兰河上散步,与萧红"相遇";到冰雪大世界畅玩……每一站体验都将充满惊喜,是心灵与感官的双重盛宴。

让我们一起,从1899年的哈尔滨火车站出发,开启欧陆风情与东北热情兼具的哈尔滨之旅吧!

刘冬颖

于2024年小暑日

哈尔滨火车站
（组图）

哈尔滨火车站的欧式复古大钟

01

冰·雪

每年冬天,这朵大雪花旋转起来的时候,便意味着哈尔滨冰雪大世界的童话又一次启幕了。

到冰雪大世界，
读冬天的童话

从松花江北边进入哈尔滨市区，远远地就会望见一朵洁白的"大雪花"——春日在初绿的草木映衬下如玉般温雅纯净，夏日在暴雨将至的层云翻涌中如夏花怒放，秋日在湛蓝湛蓝的天空中如一枚精巧的徽章，冬日则是这朵"雪花"翩然起舞的时刻。看到它，我们就知道，哈尔滨到了。

这朵"大雪花"，便是冰雪大世界的摩天轮。

冬夜，雪花造型的摩天轮每一处纹饰都被炫彩的灯光装饰着，一瞬蓝色，一瞬红色。细看，它还在慢慢地旋转。每年冬天，这朵大雪花旋转起来的时候，便意味着哈尔滨冰雪大世界的童话又一次启幕了。

嗨玩冰雪乐园

冰雪大世界始建于 1999 年冬天，是世界上最大的冰雪主题乐园。在这里，冰城的能工巧匠和来自世界各地的冰雪艺术家总会一道打造出冰与雪的极致浪漫。

每年冬天，我都会领着孩子去冰雪大世界玩滑梯、滑冰车、攀岩……外地朋友来哈尔滨，我也总要带着他们到冰雪大世界打

冰雕城堡

带上一本书，去哈尔滨

冰雪大世界夜景（组图）

卡。我们走进用冰雪建造的商店里买热饮喝,欣赏活力四射的冰秀表演,一起登上冰雪城堡的最高处眺望哈尔滨市区。

最适合在冰雪大世界游玩的时间是午后。阳光透过冰块洒在人们的脸庞上,肤色显得越发清润,拍照很出片。大滑梯、冰上自行车、冰雪城堡攀岩等需要点儿胆量和技巧的项目,可以在这个时候玩起来——天色敞亮,内心也增添了些勇气。玩过这些项目,便可以去看下午场的歌舞和冰秀表演——买一杯热饮,边喝边欣赏艺术家们的演出是那么的惬意。大约下午三点半,一定要从室内出来,来到户外。这时候,气温开始降低,但是你已经喝过热饮,又在室内看过精彩的表演,身心似乎都积蓄了抵御寒冷的能量。此时的你,就是即将漫游奇境的爱丽丝,眼睛一定要睁得大大的,因为冰雪大世界的灯光马上就要亮起来了。记得有一次,正是天慢慢黑下来的时候,我和两个朋友漫步于冰雪奇境。就在踏上冰雪城堡的那一瞬,城堡的灯光突然亮了起来,紧接着冰雪乐园的灯光全部点亮,一片流光溢彩,游客们不自觉地齐声欢呼起来。

奇幻冰雪设计

每年冬天,冰雪大世界都有不同的主题、不同的设计,展现了不同的美景。2023 年的冰雪大世界,规模、创意和设计更是前所未有。

14 条滑道、最长达 521 米的超级冰滑梯极具人气;"冰雪欢乐汇"的冰上卡丁车、雪地摩托、雪圈漂移、雪地四驱车和雪地

017

悠悠球，给人们带来了无尽的欢乐；冰雪汽车芭蕾秀在冰天雪地里上演"速度与激情"，超炫超酷……最后，一定要去坐雪花摩天轮，从空中俯瞰冰雪大世界——庄严大气的"北京天坛"、直指天空的"冰雪之冠"、别具风情的"巴黎圣母院"、威仪赫赫的"铁王座"、让人惊呼不断的大滑梯……

随着音乐响起，整个冰雪大世界的灯光，像海水一样有节奏地律动。若是踩在园区的冰钢琴琴键上，它还会发出清脆的音符，留下一段美妙的旋律。

声华满冰雪

冰雪大世界的一切，都是由冰块和雪建造、雕刻而成的。那么，这里的冰是从哪儿来的呢？它们来自松花江。由于水流稳定、江水清澈，松花江形成的冰体密度均匀、晶莹剔透，是冰建景观的理想材料。哈尔滨每年都会举办热闹非凡的采冰节，阳光下采得的每一块"琉璃砖"，都是好彩头。

在冰雪大世界闲庭信步，不经意间会邂逅冰块中形态各异的鱼。它们游弋的姿态永远地定格在冰雕中，吸引了大量游客的目光。网络上还因此产生了一个新鲜词儿——"冰雕含鱼量"。原来，松花江鱼类资源丰富，取冰时常常能发现冻在冰里的鱼，于是，这些鱼成为冰雕的一部分。

冰与雪的浪漫，让哈尔滨火出了圈，全国人民亲切地称这座城市为"尔滨"。为什么是"尔滨"呢？我想，它就像这座城市的小名，又像熟人之间省略姓氏后亲切的称呼。本地的老人还会将

01 冰·雪

冰雪大世界中的冰雕建筑（组图）

哈尔滨唤作"阿勒锦""哈拉宾",这在女真语里是"荣誉""声望"的意思。正是冰与雪的浪漫,铸就了哈尔滨光彩夺目的荣耀,这让我想到了高适的一句诗:"述作凌江山,声华满冰雪。"

冰与雪的浪漫传奇,一定会在白山黑水间续写下去。

你的哈尔滨第一站是哪里?

记录你的旅行感觉吧。

在冰封三尺的江河上，
散步如何？

嘎嘎冷、嘎嘎冷的数九寒冬，冰封三尺，曾经欢快流淌的松花江，变成一条超级宽阔的大马路，不仅人可以在上面行走，马也可以在上面撒欢，就连大卡车都能在江面上开。

散步，那是当然可以的，如果你不怕冷的话。

没有在哈尔滨数九寒天的江河上散过步，那就是没有真正了解、亲近哈尔滨。

冰上一切皆有可能

每有朋友冬季来到哈尔滨，我都会带他们到呼兰河或松花江上走一走。

江上、河上可以开车，可以盖冰雪屋，可以赛龙舟，可以支起半人高的冰上火锅，站在锅沿旁涮肉吃。这是哈尔滨人真正的冰雪乐园。

在哈尔滨呼兰河口，还有一处神奇的所在，在江河封冻的时节，这里依然野鸭游弋，碧水清冽。

腊月，开车沿滨水大道从哈尔滨大剧院往呼兰方向一直向前，你尽情欣赏一路的冰天雪地、冰雪聪明，不久后，你感到有点

冬天的松花江，冰上赛龙舟

呼兰河口有一处冬天也不封冻的神奇所在

儿审美疲劳，突然，遥看零下二三十摄氏度、早已冰冻三尺的呼兰河中，似有仙气蒸腾。你好奇地开车到近前。此时，你会不由得惊叹："啊，奇观啊，在冰天雪地中竟有这样一片清澈的水域，如云蒸霞蔚，似人间仙境。"

不远处可见呼口大桥。日光里，半江清流半江冰。河心深处的冰面上停泊着几辆汽车，在滴水可成冰的季节，这里竟有拿渔网准备从水中捞鱼的人。更令人惊喜的是，水中还有野鸭浮游，优哉游哉，好不快哉！

原来这里是自来水厂循环用的排水口，因为排出的水温度高一些，便在冰天雪地中形成一块天然湖泊，水汽蒸腾中，远远望去，好似仙境。

我和同行的几个朋友被这美景吸引，想在呼兰河上走走。

呼兰河心探访蒹葭

呼兰河夏日的一泓碧水，变成厚厚的冰面，此时远处江面上开来一辆越野车，很拉风的感觉。

我们从岸边走到河中央的小岛，在河之洲，蒹葭萋萋。

河心的蒹葭，秋天时是我们在河岸远远遥望却无法靠近的美丽。现在，我能从冰面上走到它们旁边，给它们拍张照片。

这正是刚才远望有越野车开过的地方，原来是几家人一起在冬日出游，在呼兰河上支起了帐篷，要凿冰取鱼。

风呼呼地卷起雪，扑面而来，冷得站不住，人们只能不停跺脚。老人和孩子们却很开心，像过节一样，围在正忙活的三个壮

冰封千里，正是哈尔滨的热烈。
这冰天雪地，孕育着冰雪聪明。

冬天，呼兰河心的蒹葭（组图）

夏天汩汩流淌的松花江，冬天可以行车

年男子身边，一会儿递工具，一会儿团雪球，一会儿喊家里的狗儿不要跑远，一幅其乐融融的画面。

  人都是活在当下的，夏天的时候，我们会忘记冰雪的晶莹美丽；冬天来了，冰雪带来的快乐，让我们又会忘记春花、夏荷、秋月。人跟着四季的时序走，忙忙碌碌，偶尔想起去年丁香花开，也觉得好像是一场梦。

雪上留趾的快乐

  昨日恰好下过雪，天地一片洁白，茫茫如此干净！
北国万里飘雪的壮阔风光，远胜所有诗词对冰雪的描绘。
河面广阔，很多地方的雪都是静好无瑕，没有被人打扰过。

我开心地在呼兰河上留下自己的脚印。

春天，我眼前的一切都会消失，春水将汩汩流淌。

但是，呼兰河的冬天记得我来过，这就够了！

在洁白的雪上留下自己的足迹，去探访春、夏、秋三个季节时只能远远瞻望的河中小岛，我觉得自己已经收到了哈尔滨的冬天送来的最好礼物。

寒天催日短。下午三点多，半个月亮竟然挂上了天空。

眼看着红灯笼一样的太阳挂于树梢，转瞬即落于冰河之下，便只余斜阳一角。晖晖冬日微。

恰好掏出手机的时刻，一架飞机从天空划过。

此刻风光，正是我爱这座城的理由。

我所站立的三尺冰面下，江水和鱼，怡然自得。

冰雪封存了一些故事和一些美丽……

然而，冰封千里，正是哈尔滨的热烈。

这冰天雪地，孕育着冰雪聪明！

01 冰·雪

松花江上的户外
火锅。掏出手机
的时刻，一架飞
机恰从天空划过

029

飞雪迎春呼兰河，
遇见萧红

春天，最后一次风雪漫卷时，我来到黑龙江哈尔滨的呼兰河口，想要感受萧红曾感受过的冷。

想要真正理解作家萧红，我想，首先要来到呼兰河边，体会她所经历的寒冷。在呼兰河上走一走，再去萧红故居，更能靠近她。

血脉里的牵挂

萧红是在呼兰河边长大的。这大雪纷飞、寒风呼啸的春天，她也经历过。这片地处松嫩平原南部的黑土地，此刻正笼罩在春雪中，天地一片苍茫。

雪落下的声音，呼呼地、飕飕地，地上雪最薄的地方，也有10厘米厚。

冷，没饭吃，命运不由自主，可是，萧红还是想读书、想成就自我、想为那个时代更多在寒冷中挣扎的女子发声。

这才是真正的萧红吧？

萧红的血脉里流淌着呼兰河水，无论走到哪里，她始终挂念着这条河与河边小城里的人民。

萧红最喜欢抒写呼兰河边的景物，四月的柳条、五月的青杏、八月的牵牛花、九月的落叶,在萧红作品中都闪耀着自己独特的光彩,但最让人震撼的则是她描写的呼兰河的雪和雪后的寒冷。

在呼兰河口宽阔的冰面上伫立,朔风吹乱了我的头发,想想萧红,她经历幼年丧母、几段恋情失败,以及病痛的折磨……仅仅在世上活了31年,从发表第一篇作品,到1942年在香港孤零零地离世,萧红真正用来创作的时间只有9年。

在动荡不安的年代,流离失所、疲于奔命中,萧红留下《生死场》等百万字传世之作。1940年,在困厄中,萧红完成了她最负盛名的长篇小说《呼兰河传》,这部小说以萧红的童年生活为主线,以细腻的笔触、深沉的情感书写了她生于斯、长于斯的呼兰河。

萧红(1911年6月1日—1942年1月22日),中国近现代女作家,"民国四大才女"之一,被誉为"20世纪30年代的文学洛神"

最珍贵的温暖

呼兰河是平凡的。在河水冰封可行车的严寒里,行人嘴角都冒着白气,车夫的手冻裂了,呼兰城就是在冬日灰灰的色调里,从萧红笔下走向世人。

读着萧红的《呼兰河传》,感觉一段历史复活了:十字街头热闹的商家,东西二道街上的学校,人们跳大神、放河灯……呼兰人的生活虽然平凡,但踏实又充满热望。萧红以诗意的笔调,一幕幕写来,仿佛是一幅幅民俗风情画。

呼兰河是苦难的。和20世纪20年代的大多数中国乡村一样,呼兰河是贫穷而落后的,一块豆腐是他们的奢华大餐,雨后房顶上长出的一簇蘑菇则会引来全院人的羡慕。

萧红在《呼兰河传》里塑造了二伯、王大姑娘、小团圆媳妇等一系列悲剧人物形象。爱呼兰河的萧红又是恨呼兰河的,她恨围绕着小城的那些守旧、落后的思想和观念。

萧红是以一条河,在为一座城市、一群人、一个时代立传。

时代是人的背景,人是时代的注脚。《呼兰河传》中的人物是不幸的,而萧红的一生,又何尝幸运呢?

萧红故居位于今哈尔滨呼兰区。1911年,萧红就出生在这里一个地主家庭里。偌大的房子,却因为生母病故、继母冷漠,在萧红看来是一个无趣也无爱的所在。只有祖父,与她感情深厚。

北方民居家中一般都有一个种着应季果蔬的园子,萧红故居的正房后面就是一个大园子,在《呼兰河传》中,被萧红称为"一个具有神秘色彩的后花园"。洁白的雪,此刻覆盖了园中所有

01 冰·雪

萧红故居门口的萧红塑像

萧红与祖父在园中嬉戏的塑像

枯叶，也遮盖了萧红曾经的快乐与痛苦。雪中，只有一个老者和小孙女在园中嬉戏的塑像，铭记着萧红心中最珍贵的温暖。

呐喊的声音

认识萧红，一定要从呼兰河边开始，这样你才会听见萧红为自由和人性呐喊的声音。

她挣扎过、彷徨过、探索过，却从未停止过抗争的姿态。在中国现代小说史上，萧红创造了别具一格的"萧红体"小说风格。

我特别敬佩萧红，不管处于何种艰苦困顿的条件下，她都坚持自己的写作，不为外在的事物牵引。更可贵的是，萧红的笔，一直在为普通的东北老百姓发声。

萧红的气质是冬天的气质，她的文字寒冷之中深藏着热情："我以为，自己原本该一无所恋，但又觉得到处皆有所恋。"

在饱受磨难的一生中，她曾有过无数次"生无可恋"的绝望念头，但绝望过后还是对生命深切地留恋。

萧红故居门口的萧红塑像是最打动我的雪中风景，塑像全身洁白，却没有被白雪的白掩盖光彩，反而是在风雪漫卷中显得更加沉静、坚韧，眉目生动。

一个命运坎坷的青年，一个思想锋利的女作家，当这两个形象合二为一，才是完整的萧红。她的文字，刺穿了那个时代。

萧红被誉为"20世纪30年代的文学洛神"，可谁又知道，她文学光环的背后，有那么多无人能懂的悲凉。我想，孕育了她的呼兰河应该是最懂她的，那是一个母亲对女儿的信任与期许。故

萧红塑像

萧红故居雪景（组图）

居里正在展览萧红手迹,她在信笺上写下的那些诗,特别是情诗,在今天的我们看来,有着很多心疼,很多感喟……

萧红故居前,现在已经成为人们休闲娱乐的所在,雪中有跳广场舞的、有舞剑的,甚至还有几个人在打扑克。而呼兰河口湿地公园,夏天可戏水,冬天可滑雪,佳景吸引了无数中外游客。当年离家出走的萧红,一定想象不到今天的呼兰河能有这样祥和幸福的氛围。她如果见到,会很欣慰的。

已经三月了,虽然"花还没有,人们嗅不到花香",但飞雪冰封的呼兰河下,我听到了春天即将绿意流淌的声响。呼兰河儿女盼望的春天,很快就要来了……

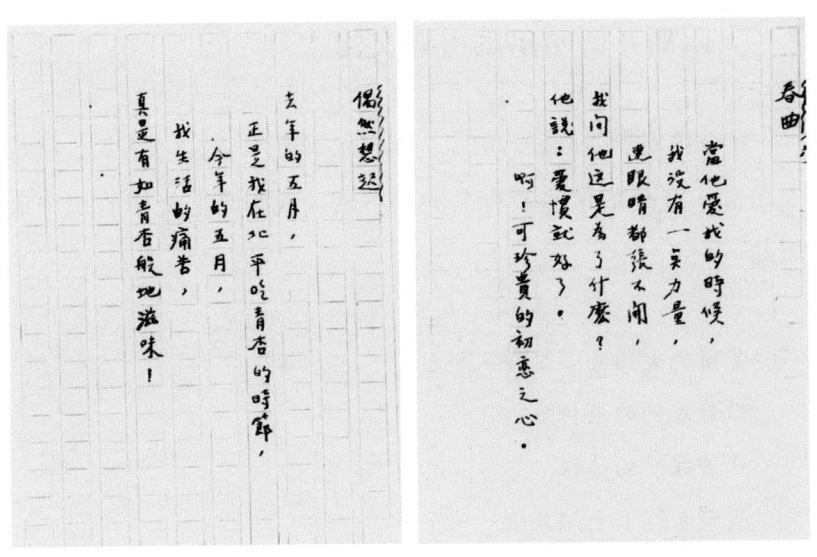

萧红手稿,摄于萧红故居(组图)

到太阳岛，
与雪雕来个拥抱

中国文人自古爱雪，但大多限于围炉饮酒，赏飞雪助诗兴。哈尔滨人则不同，他们希望把雪的灵魂和自己的灵魂相互交融，达到统一。

雪雕，就是哈尔滨人和洁白的雪花灵魂交融的载体。

太阳岛开创哈尔滨雪雕文化

哈尔滨看雪雕最好的地点，当属太阳岛①。对，没看错，就是太阳岛，就是哈尔滨最有名的那首歌《太阳岛上》中的那个太阳岛——

美丽的太阳岛多么令人神往
带着垂钓的鱼杆
带着露营的篷帐
我们来到了太阳岛上

---

① 太阳岛坐落在黑龙江省哈尔滨市松花江北岸，总面积88平方千米。是一处由冰雪文化、民俗文化等构成的多功能景区，也是中国国内的沿江生态区。

01 冰·雪

雪雕，是哈尔滨人和洁白的雪花灵魂交融的载体

我们来到了太阳岛上
小伙们背上六弦琴
姑娘们换好了游泳装
…………

《太阳岛上》是纪录片《哈尔滨的夏天》的主题曲，1981年在电视上播映后，风靡全国。这首歌，让美丽的太阳岛插上了音乐的翅膀，被千千万万中国人深深印在心中，成为家喻户晓的旅游胜地。

太阳岛的"太阳"不能顾名思义地认为是天上照耀我们的太阳，而是满语圆鳊花鱼"太宜安"的音译，太阳岛就是盛产圆鳊花鱼的地方，是一个水草丰美、风景怡人的所在。

春天的太阳岛是大自然随手泼墨的杰作,桃红柳绿丁香紫,松花江沉静流淌,江岸细沙明净,鸟雀时鸣,似人间桃花源;夏天里,枝繁叶茂的大树撑起一把把绿伞,小松鼠在林间穿行,梅花鹿在浅草坡自由漫步,还有黑天鹅、白天鹅、绿头鸭、灰雁等禽鸟游弋;秋天里的太阳岛,则好像一个彩色的梦,红叶黄叶匝地,拾一片红叶做书签,可铭记太阳岛这一个季节轮回的美;冬天里,千万朵雪花袅娜旋落太阳岛,地上像铺上了一层软绵绵的地毯,树上挂满厚厚的积雪,这也是哈尔滨人最快乐的时候,可以在太阳岛堆雪人、打雪仗,开心极了!

尽管有风靡全国的《太阳岛上》歌曲加持,但限于哈尔滨的气候条件,以前每年十月到来年五一劳动节之前,太阳岛一直是人迹罕至。

这种状况,在1988年的冬天迎来了转折。

那一年冬天,雪格外大,太阳岛风景区管理处的领导和职工们,看到太阳湖上积雪盈尺、银装素裹,想和更多人分享太阳岛冬天的美,更想打破太阳岛火半年、闲半年的状态,决定全体职工一起堆雪人、创意搞雪塑,看看能不能在数九寒冬吸引游人上岛参观。他们发挥自己的想象力,制作了弥勒佛、老寿星、圣诞老人、狮身人面像、大象、鲸鱼、梅花鹿和北极熊等近20件雪塑作品。雪塑做好后,他们特意请市政府领导来参观。这位领导也是个非常有创意的人,他建议,能否组织群众进行雪雕比赛,通过比赛调动群众参与的积极性,也能带动媒体宣传,促进旅游,1989年年初哈尔滨市第一届雪雕游园会自此诞生。

第一届雪雕比赛的41件作品,连同太阳岛职工的近20件作

01 冰·雪

太阳岛雪雕：龙

太阳岛雪雕：大象

太阳岛雪雕：少女

品将太阳岛装扮得犹如童话世界，展出近 20 天，就有国内外 3 万多游人观赏。这次雪雕展览，不仅结束了太阳岛"猫冬"半年闲的历史，而且标志着中国雪雕艺术的兴起，更开创了哈尔滨的冰雪文化。

来太阳岛雪博会看雪雕

有一个常识，我需要提醒大家注意一下，冰雕和雪雕常常被搞混。雪雕的雕字，是塑形的意思；冰雕的雕字，是雕刻的意思。两者材质也不同，一个是雪，一个是冰。

进入新的千年，雪雕会更名为"太阳岛国际雪雕艺术博览会"，简称"雪博会"。

来太阳岛雪博会，最能与冰雪相亲。

2023 年 12 月 22 日，第 36 届雪博会正式开幕。最引人注目的是一个名为"温暖雪宝儿"的憨厚可爱的大雪人，它高 20 米，宽 15 米，总长 15 米。据哈尔滨《生活报》报道，为了塑造这个巨大的雪人，使用了多达 4000 立方米的雪，由 30 余位雪雕艺术家共同完成。"温暖雪宝儿"一亮相，就成了流量雪王，憨态可掬的它矗立在太阳岛上，对所有来到太阳岛的游人比心，成为哈尔滨冰雪节的著名景观。"温暖雪宝儿"甜甜的笑容温暖了整个冬天，喜欢它的游人在各种社交平台上不停地"夸夸夸"，甚至把雪宝儿的双眼皮儿都夸上了哈尔滨热搜。

岛上，情态各异的雪雕、设计别致的建筑与被白雪覆盖的松林，共同构成一幅幅令人心旷神怡的画面。阳光洒落时，这些景

带上一本书，去哈尔滨

温暖雪宝儿

太阳岛雪博会雪雕：太阳

01 冰·雪

太阳岛雪博会雪雕（组图）

色仿佛被施了魔法,每一寸都被镀上了一层金边,散发出耀眼而温暖的光芒,让人仿佛置身于一个梦幻般的仙境。

那些雪雕,形态各异,有的憨态可掬,有的灵动活泼,以雪为媒介,展现着艺术家们丰富的想象力与精湛的技艺。这些萌萌的造型,不仅让人眼前一亮,更激起了人们内心的童真与欢愉,仿佛在邀请每一位路人,放下心中的束缚,与它们一同嬉戏,来一个拥抱,一起享受这份纯粹的快乐。游客们纷纷驻足,与这些可爱的雪雕亲密合影,留下一张张充满欢笑与温暖的纪念照。

岛上的建筑同样别具一格,它们或古典优雅,或现代简约,与四周的雪景相得益彰,每一栋都像是精心布置的舞台,等待着游人前来探索。被白雪点缀的松林,则为这幅画面增添了几分静谧与庄严,松针上的雪花,在阳光的照耀下闪烁着点点光芒,宛如一颗颗晶莹剔透的宝石,为这片森林披上了华丽的外衣。

欢乐的冰雪海洋

欣赏雪博园全貌最好的地点,是太阳岛水阁云天。只见园内熙熙攘攘,有的游客在欣赏精美的雪雕,有的在湖面上打出溜滑,还有的攀上高高的冰滑梯,更多的人在忙于拍照。几个年轻人在拍照过程中不断花样翻新,一会儿捧雪,一会儿扬雪,一会儿滚雪球,一会儿打雪仗,笑声在雪地里格外清脆。乘坐雪地摩托、碰碰车的,在雪中风驰电掣,不停地尖叫。

稍迟疑间,夜的墨色就拥抱了整个雪博园。这也是雪博园最闪亮最炫彩的时刻,大型3D雪塑实景幻影演出开始了!

皑皑白雪的太阳湖面上，投影出一个神奇的世界，蒸汽火车、教堂城堡、跳跃的雪灵姑娘，在周遭五颜六色的灯光的映衬下，流光溢彩，让人惊叹、惊艳！在场的游人不停欢呼、鼓掌，雪博园变成欢乐的冰雪世界。

太阳岛雪博会，这场冬季里的梦幻盛宴，无疑是人类智慧与自然奇观的完美邂逅。在这里，艺术家们用巧夺天工的手法，雕刻出一个个栩栩如生的冰雪雕塑，每一处细节都凝聚着对美的追求与对自然的敬畏。这些作品巧夺天工，不仅展现了冰雪世界的神奇与壮美，更让人们在寒冷的冬日里感受到一份纯净而震撼的美。

然而，冰雪艺术的魅力在于它的短暂与易逝，正如人生中许多美好的瞬间，终将随时间的流逝而消散。随着春天的脚步渐近，冰雪开始融化，雪博会的帷幕也缓缓落下。

2024年2月26日，第36届太阳岛雪博会迎来了它的闭园时刻，空气中弥漫着一丝淡淡的离愁。游客们纷纷前来，与陪伴了他们整个冬天的"温暖雪宝儿"合影留念，用镜头定格下这份即将消逝的美丽……这些美好的回忆与感动，将会如种子般深埋进每个人的心中，待来年冬天，再绽放出耀眼的光芒。

在朋友圈里，人们分享着与"温暖雪宝儿"的合照，字里行间流露出不舍与感激——

"这个冬天，有你，就是最好的！"

半江春水半江冰——哈尔滨之春

哈尔滨春之序曲,是从松花江开江、跑冰排开始的。

太阳的暖意把冰封了近 5 个月的松花江一点点融化。曾经冰冻三尺的松花江失去了寒冬时的威严,江边的雪不再洁白,而是灰灰的;江心水流处,冰块融化后缓缓地顺流而下。在漩涡处,冰块打着转儿,撞击在一起,迸射起无数晶莹剔透的碎玉,声音清脆如风铃。这些在江水中撒欢的冰块,被东北人俗称为"跑冰排"。

冰排跑出春的气息

松花江上冰水交融的美丽景象,吸引了众多游客和摄影爱好者驻足。在春寒料峭、乍暖还寒的时候,江边有不少人为江心冰排的不断撞击而惊叹不已。

每年松花江的开江时间大致在清明节前后,老辈人还总结出了规律:"清明若在阴历二月,则先清明而开;若在三月,则后清明而开。"开

01 冰·雪

松花江按不住春风的诱
惑,冲破冰层的禁锢,奔涌的
欲望充满激情地流淌着,投进
了春天的怀抱

江期的松花江，独特的北国风光不亚于钱塘江之潮。

几乎是一夕之间，前一天还冰雪巍然的江面，卡车通行安然无恙，第二天早上，却会隐隐听见隆隆声响，这是江面冰层断裂的声音，也是松花江进入开江期的预告。进入开江期，就不能再在冰面穿行了，因为江面冰层随时可能坍塌。

开江不是松花江某一天突然间化冰为水，而是有一个渐进的过程，直到4月中下旬，才会有一江春水泱泱，浩浩汤汤。一般来说，松花江南岸暖得早，南岸部分区域逐步融化，一块块薄冰排顺流而下，北岸却还有冰，江面被江水和冰雪一分为二，形成一种"半江春水，半江寒冰"的独特风光。江面上飞鸟点点，鸟儿偶尔踏在浮冰上，饶有意趣；岸边，老牛低头饮水，自在逍遥。

现代文学史上的著名女作家萧红，出生于黑龙江省呼兰县（现黑龙江省哈尔滨市呼兰区），松花江开江，也曾触动萧红。在散文《又是春天》中，她看见冰封的松花江融化，思绪万千，"立在江边，我起了许多幻想：这些冰块流到哪里去？流到海去吧！也怕是到不了海，阳光在半路上就会全数把它们消灭尽……然而它们是走的，幽游一般，也像有生命似的，看起来比人更快活"。

文开江与武开江

松花江开江有"文开江"和"武开江"的说法。"文开江"指的是江面冰层温柔地逐步融化，没有化尽的浮冰被波浪起伏的江水裹挟着漂向下游，江面上时时有小块的冰排撞击，为春天增添了些许美丽的音符；"武开江"很少见，场面十分壮观，原本静谧的江面会突然发出闷雷一样的声响,江上冰面一下子鼓起来,旋即崩裂成无数冰块,冰块一时难以顺水下泻,被涌至岸滩,形成一堵冰坝,俨若冰河之崩溃。

"武开江"往往会遇到狂风,在汹涌江水的裹挟下,巨大的冰块撞击在一起,炸雷般轰鸣。在冰山和咆哮江水的拍击下,岸边的船舶、行人、房屋、建筑等瞬间会被摧毁。

开江节致敬大自然

说到松花江开江,便不能不说鲜美的开江鱼,大鳇鱼、鲤鱼、胖头、白鱼、鳌花、鳊花等,都是哈尔滨人喜欢的美味。还有鲫鱼、鲇鱼、狗鱼、黑鱼、嘎牙子、牛尾巴鱼等则一律被称为杂鱼。松花江就是这样丰饶。

据记载,1000多年前,每到开江时节,松花江边的人们都要进行祭江大典,表达对母亲河的热爱,也希望江神能够保佑江边居民平安。千百年过去了,每年开江,仍有不少市民来到江边,用双手抚摸开江冰,希望能得到江神的庇佑,祛病祈福、驱灾辟邪,求得新一年的平安喜乐。

著名作家迟子建曾说,她最爱哈尔滨的是"一条松花江穿城而过,把整个城市带得活了起来"。松花江开江,给沿岸带来无限生机和活力,沿江各地都会举办开江节。仪式上,老渔翁带领渔民们抬上一二百斤的开江头鱼。品尝着鲜美的开江鱼,双手沾一沾刚刚从冰雪融化成的松花江水,一年的花开与吉祥从此刻启幕——哈尔滨的春天来了。

"半江春水半江冰"

02

建筑·故事

走在中央大街，幸福感满满，你会禁不住想：生活是好好的，我也要好好的

中央大街，
一条街就是一座博物馆

没有到过中央大街，就不能说来过哈尔滨。

有哈尔滨这座城市以来，中央大街就是哈尔滨最热闹的地方。从通江街走进中央大街，好像一步穿越进100多年前的西方油画中，来到19世纪末的欧洲，满眼都是文艺复兴式、巴洛克式、古典主义、折中主义以及新艺术运动式建筑，每一个建筑都有自己独特的风格、独特的色彩。再加上绿树葱茏、鲜花锦簇，这油画的美，不仅让你深深爱上这里，也深深爱上自己，因为走在这条街上，自己也会成为别人眼中的风景，是另一种美丽。

"时髦"——中央大街的关键词

中央大街，旧称中国大街，这条大街的形成可追溯到1898年，当时哈尔滨开始大规模修筑铁路。为方便运送铁路器材的马车通过，在原沿江地段古河道的草甸子中开出一条土道，于是中东铁路工程局将沿江荒地拨给散居在哈尔滨的中国人，至1900年形成"中国大街"，意为中国人住的大街。1928年7月，中国大街正式更名为"中央大街"。

中央大街的关键词是"时髦"，百年前这里就是哈尔滨，乃至

02 建筑·故事

中央大街
老照片（组图）

中国、全世界最时髦的地方之一。著名的马迭尔宾馆的"马迭尔"一词，就是俄语音译"时髦"的意思。现在的中央大街上有着鳞次栉比的商场，世界各国的好东西在这里应有尽有。其中，最热销的是俄罗斯商品店里的商品，巧克力、伏特加、大列巴、望远镜、套娃……让人目不暇接。当然，最时髦的当数哈尔滨的姑娘。哈尔滨姑娘个子高、体形好，在松花江水的滋润下皮肤细腻白皙。在哈尔滨百年来积淀的时髦风气下，哈尔滨姑娘敢穿、敢戴、敢美，而中央大街就是哈尔滨美女最多的地方，她们是哈尔滨最亮丽的风景线。

徐志摩见到哈尔滨美女的感受，很能代表他所生活的时代的中国人对哈尔滨的感受。那是他来到哈尔滨时写给陆小曼的信中提到的："今早撞进一家糖果铺去，一位卖糖的姑娘黄头发白围裙，来得标致。我晓风里进来，本有些冻嘴，见了她索性愣住了，愣了半天，不得要领，她都笑了。……我从来不看女人的鞋帽，今天居然看了半天，有一顶红的真俏皮。"彼时的徐志摩和陆小曼，是互相交心的爱侣，所以才会分享自己在哈尔滨看见异域风情美女装束的心情。

中央大街建筑艺术博物馆

一条街，就是一座博物馆。在这个世界上，应该是没"SEI"（谁）了，只有哈尔滨中央大街！

很少有人知道中央大街的另一个名字——中央大街建筑艺术博物馆，整个步行街区，都是博物馆的展区。

02 建筑·故事

中央大街老照片（组图）

带上一本书，去哈尔滨

中央大街老建筑（组图）

据博物馆的展板介绍，东起尚志大街，西至通江街，南起西十六道街、经纬街，北至防洪纪念塔，中央大街主街和辅街上的建筑都是博物馆的展品。

中央大街全长 1450 米，宽 21.34 米，现有欧式、仿欧式建筑 75 栋，各类保护建筑 36 栋，汇集了从 15 世纪至 19 世纪在西方建筑史上最具影响力的建筑流派，这些流派涵盖了西方建筑艺术的精华。最让世人称奇的是这条街上铺路的"面包石"。1924 年，俄国工程师科姆特拉肖克设计监工，为这条大街铺上了花岗岩雕筑的方石块。石块长 18 厘米、宽 10 厘米，其形状大小如俄式小面包，所以哈尔滨人称之为"面包石"。最神奇的是，这个面包石并不是平铺在马路上的，而是最窄的立面向上，竖着插入地下，因此无比结实、牢固，百年来从不翻浆。

面包石铺路，与整条街上随处可见的欧式风格建筑共同构成了这条罕见的建筑艺术长廊。2008 年，中央大街获得"联合国建筑成就奖"。2009 年，在首届"中国历史文化名街"评选中，中央大街从全国 200 多条街区中杀出重围，一举成为首届全国 10 条中国历史文化名街之一。据哈尔滨市博物馆一位参加"中国历史文化名街"申报工作的工作人员说，2008 年中央大街已经有了"建筑艺术博物馆"的概念，并挂牌。当时的哈尔滨，就提出了保护中央大街的每一座建筑，并汇成完整的建筑艺术博物馆的总体构想，这座博物馆不受季节影响，也没有大门和门票限制，一年 365 天，一天 24 小时，永远免费开放。

"面包石"上走过西装革履的成功犹太商人，走过风姿无限的俄罗斯女郎，走过庆祝中华人民共和国成立的游行队伍，走过抗美

02 建筑·故事

中央大街上的"面包石"

中央大街上的宠物店

援朝的志愿军士兵,走过千里迢迢扛着背包来开垦北大荒的战士,走过庆祝公私合营的秧歌队伍,走过抗洪抢险的人民子弟兵……

在中央大街,我们可与历史对话,体味人在时间中的一切欢乐、热望、爱与梦想。这体味,本身就是一种哲学。

踏在"面包石"上,感受哈尔滨散发出的独特魅力,你常常会收获惊喜,西餐节、狂欢节、婚庆节、服装节、街头文化节……歌舞,展览,音乐,花车游行……一切皆有可能。

中央大街是哈尔滨的生活态度

每一次去中央大街,我都会收获满满:华梅西餐厅前,排队买一个沙一克面包,再去万国洋行买一个烟囱面包冰激凌。夏季里,如果走渴了,来一杯哈尔滨的大扎啤,爽口透心的舒坦;冬季里有卖姜丝可乐的,来上大大的一杯,暖得你浑身都是劲儿。累了,坐在马迭尔宾馆的对面,听听阳台音乐会,悠扬的小提琴声、俄罗斯姑娘的歌声,会让你难忘;饿了,可选择的好吃的百年老店就太多了,你可去华梅西餐厅品尝俄罗斯大餐,也可去老厨家锅包肉感受一下哈尔滨原创的美食——锅包肉,在露西亚西餐厅可以很好地约一场下午茶,还有几家饺子店,啥馅的都有,估计你会犯选择困难症,只恨自己肚子不够大。

你就这样一直吃着、走着、看着,就走到了松花江边。

到防洪胜利纪念塔前拍个照,给守护这座城市的英雄们行个礼。

坐在江边上,遥望老江桥(松花江滨洲铁路桥),再看看过

中央大街万国洋行

江索道穿江而过的惊险刺激。

"松花江水,静静地流淌,梦里依稀看到她奔腾的波浪,点点白帆的水面那船歌嘹亮……"歌手李健的一曲《松花江》,用深沉而朴素的情感咏叹了这座城市的母亲河。春天松花江开江时,半江春水半江冰,浮冰不断漂浮而过,偶尔撞击江堤,发出清脆的声响;夏天波涛翻滚,游船穿梭、游人如织;秋天江鸥翩翩飞过,继而南行;冬天更是狂欢的乐园,冰封三尺时,江面就是延伸的陆地,你可以看见为冰雪大世界取冰的车辆和工作人员,更有很多的冰雪游乐项目——马拉雪地轮胎、雪橇、冰滑梯等。

对哈尔滨人来说,中央大街既是待客的客厅,也是自家人最爱游玩的地方。我的孩子小时候,作业写完了,哪怕已经是晚上八点多了,他说一句"妈妈,带我去中央大街啊",我立马就会答应。因为我也很喜欢去中央大街啊!

我俩去马迭尔买冰棍,我喜欢朗姆口味的,他最爱原味的奶香。我们拿着冰棍,站在中央商城的楼下,和路人一起看大屏幕上的老电影。那些年,中央商城每天晚上都放电影,如《虎口脱险》《出水芙蓉》等。站在那里看电影的,都是我们这样的:或是拿着冰棍,或是拿着烤肠、糖葫芦啥的,还有端一大杯啤酒解渴的,边吃喝边看。笑的时候大家一起,惊呼的时候大家一起,遗憾的时候"哎呀"声一起,情绪共鸣是这条大街带给我们的幸福感。大家心里想的也是同一件事:

生活是好好的,我也要好好的。

百余年来,中央大街饱经时光摩挲,留下了无数欢声笑语,这笑声连着过去,也衔着未来,谱写着哈尔滨不断前行的歌。

哈尔滨市人民
防洪胜利纪念塔

松花江上的老江桥

马迭尔冰棍

中华巴洛克，
历史的烟火漫卷

冰雪是哈尔滨的名片，如果想读懂哈尔滨的故事、欣赏哈尔滨的色彩，最合适的时间，莫过于飞雪的冬天。落雪如花，天地一片洁白。这样的美好时分，走进哈尔滨道外区中华巴洛克老街区，最能领略哈尔滨这本大书的精妙之处。

中西合璧的建筑美学

走近中华巴洛克老街区，首先产生的可能是一种错觉——色彩浓烈、富丽奢华的西式建筑，在皑皑白雪之中格外醒目，彰显着浓郁的浪漫主义色彩，是典型的巴洛克艺术风格。让人感觉似乎来到了19世纪的欧洲。

走过去欣赏，墙面上中国传统造型的浮雕与纹饰又颇吸引眼球、惹人喜爱：葡萄、石榴寓意多子（籽）多孙；牡丹、梅花、荷花和海棠寓意富贵吉祥；金蟾可镇宅，寓意招财进宝；大花篮象征五谷丰登；松树下的梅花鹿言说着福寿延年的美好愿望；铜钱则直接表达了建筑主人期盼财源滚滚的心愿。

哈尔滨中华巴洛克

巴洛克建筑立面上的中式浮雕：葡萄、麦穗、蝙蝠、花篮等

花开富贵、平安如意浮雕

建筑是历史的乐章

建筑是有形的艺术，是历史的见证。老街上的一砖一瓦、一房一树，都记录着这座城市的往昔。哈尔滨的故事，要从 19 世纪末讲起。中东铁路的修建和松花江的通航，使得哈尔滨成为东北地区重要的交通枢纽，吸引大批外国人和外国资本涌入，也开始了大规模的城市建设。哈尔滨迅速发展成为远东大都市。当时，哈尔滨南岗区和道里区很多地方被划定为中东铁路附属地，成为外国人的特权区。道外区的傅家甸因未被划入外国势力范围，成为山东、河北、山西等地闯关东的中国居民聚居地。随着人气聚集，会馆、客栈、票号、商行纷纷兴起，20世纪20年代，道外区的傅家甸已经成为东北地区的商贸中心之一。那时，道里区建起了"中国大街"，也就是现在的中央大街，是外国人和社会名流的生活区。大街两侧建有很多漂亮、洋气的欧式建筑，新艺术运动、巴洛克、古典主义、文艺复兴和折中主义等艺术风格的建筑应有尽有。居住在老道外傅家甸的中国居民，想建起一种更适合中国人的"小洋楼"，于是效仿"中国大街"上最华丽的巴洛克风格建筑，在其中融入中国传统建筑的构思与元素，特别是大量中式浮雕与纹饰，传递了中国传统的福禄、长寿、招财、吉祥之意。

这种独特的建筑风格吸引着世界各国的人前来参观，日本学者西泽泰彦来参观时，提出以"中华巴洛克"命名该建筑风格，这种叫法逐渐流传开。在北京、上海、武汉、天津等地，也有中华巴洛克风格的建筑，但多是零星分布的单体建筑。哈尔滨道外区的中华巴洛克老街区，是国内现存面积最大、保存最完整的中华巴洛克建筑群。

建于1920年的南头道街113号建筑，是中华巴洛克风格的典型代表。淡黄与抹灰搭配的浮雕装饰明丽奢华，蝙蝠和祥云图案在入口正上方的额枋中栩栩如生。两根装饰着中国结图案的单倚柱一直延伸至与拱券会合，菊花浮雕点缀其中。从临街华美的建筑拱门走进院落，豁然开朗，别有洞天，竟是中国传统的四合院。老街区里大都是这种二层楼，或者三层楼的四合院，这种院落就是老哈尔滨人所称的"圈楼"。"圈楼"里有天桥、天井和回廊，

中华巴洛克建筑四合院内的中式风格建筑

四面围合,只有靠街的一面开有通街之门。临街的店面客流如梭、热闹非凡,四合院内则是住宅或工厂。这种前店后厂、后宅,四合院式的民居商市建筑,其临街的立面造型是欧洲巴洛克风格的,平面设计和使用功能则是中国传统的。这种颇富创意的"表里不一",汇聚中西元素,集气派、时尚、实用于一体,成为哈尔滨的一道独特风景。

老街的韵味与温情

老街上连排而挂的大红灯笼吸引了我的目光,吉祥温暖的红色灯光静静地投落到古街上,与地面上的白雪彼此辉映着,温柔了这时光。我不知不觉已信步来到"老道外大戏台"前。雪已经下了六七个小时,却完全没有停的意思。是一朵一朵雪花分明可见的那种飘雪。这一朵的美你还没欣赏够,那一朵又飘在你眼前。这么美的雪花,让人不由想用手托起,免得她坠落地面,可是她太轻盈美丽,你小心翼翼,刚刚以为自己马上就能托起一朵,却一阵风又吹走了她。

洁白的雪,也融化了时间。红色的灯笼、红色的二层戏台,把周遭的一切晕染出一丝时间沉淀后的神秘,我似乎听到了鼓锣尚奏旧时调,看到了生旦拂衣述前朝,瞬间有了历史感。

中华巴洛克还是哈尔滨美食的代名词,承载着这座城市的味蕾。老街区最多的就是老字号,"老鼎丰""张包铺""砂锅居",还有糖人糖画店、俄罗斯商品店……很多店面前都在排队等位,素不相识的人们因为同样的口味聚集在一起,随意地谈天说地,

02　建筑·故事

南头道街 113 号建筑

老街区上的红灯笼

老道外大戏台

张包铺

给老街增添了人气，更增添了人情味儿。

  一座城市需要有历史与城市记忆，落雪时分"品读"中华巴洛克，让人不由得感叹哈尔滨这座城市的色彩之多元，故事之丰富。历史上，哈尔滨就是一座包容性极强的城市，既借鉴西方，又坚守中国传统。著名作家迟子建在谈到哈尔滨这些老建筑时

老鼎丰

说:"它的姿态很像一个内穿旗袍、外披斗篷的女郎,不脱娴熟典雅的韵味,却又难掩华丽叛逆的气质,别具魅力。"中华巴洛克是镶嵌在哈尔滨的一颗明珠,它曾经在历史的舞台上光彩夺目,经过时光的洗礼,今天依然熠熠生辉。

南七麻辣面

马迭尔宾馆，百年摩登与风流

1901年，随着中东铁路的开发，很多外国人来到哈尔滨追梦，希望在这里成就自我，其中就包括俄籍犹太人（后加入法国籍）约瑟·卡斯普。他最初在哈尔滨以开钟表修理店为生，很快便通过经营银器珠宝发迹，成为远东著名银器珠宝商。当时的中国大街（今中央大街）刚刚形成，还没有像样的建筑。但是，卡斯普以他犹太人的精明眼光，预料哈尔滨必将成为国际大都市，高端旅店将成为刚需，便决定在中国大街建起一个高档旅店。1906年，在今天哈尔滨市道里区中央大街89号的位置，卡斯普邀请俄罗斯著名建筑师阿·勒·尤金洛夫设计，并建造了一座法国路易十四时期风格建筑，并精心为旅店起名为"马迭尔宾馆"。

"马迭尔"的含义是 MODERN

"马迭尔"为俄语 модерн 的音译，意指"摩登的、时髦的、现代的，"与英文单词 MODERN 同义。这时髦，在历史上延续了百余年。

设计师特别讲求窗户、阳台、女儿墙和穹顶的装饰效果。马

每座建筑，都是表达人类美学愿景的艺术作品。马达尔宾馆表达的愿景是时尚、现代，它的一砖一瓦、一灯一柜，都流露着哈尔滨的迷人气质

带上一本书，去哈尔滨

马迭尔宾馆（局部）

迭尔宾馆的正立面主体墙上，每层楼房的窗户都采用不同的造型，不仅有半圆额窗、圆弧额窗、圆额方角矩形窗和圆窗等多种形式，而且在组合上也讲究单窗、双窗及三连窗之分，连装饰每扇窗户的线脚也力求丰富多样，体现视觉上的立体感。

阳台的设计更是充满欧陆风情，入口上方二层使用出挑的阳台对入口空间进行烘托。阳台的装饰方面也富有变化，二层阳台以厚重的砖砌礅垛巧妙地塑成一个圆环，三层阳台则由铸铁曲线栏杆构成。宾馆转角的上方，建筑师还特意设计了一个淡绿色的穹顶，轻盈而美妙。这样充满浪漫气息的建筑，出现在20世纪10年代的哈尔滨，可想而知是多么轰动、多么时髦、多么火爆。

马迭尔宾馆建成、开放后，很快成为社会上层人物休憩和娱乐的场所。除了建筑本身的时尚感与餐厅的高级感，马迭尔宾馆还常常举办芭蕾舞表演、选美比赛等活动，为哈尔滨带来了一种国际化的摩登生活。

1929年5月16日，宋庆龄为完成孙中山遗愿，访问苏联后回国，途经哈尔滨时，曾下榻马迭尔宾馆。1930年，第二国际领导人艾米尔·王德威尔得携夫人来哈访问，也下榻马迭尔宾馆。以他们当时的身份，足以证明马迭尔曾经的辉煌。

马迭尔一定会风流百年

约瑟·卡斯普在百年前马迭尔建成初期曾说过这样一句话："马迭尔一定会风流百年。"

马迭尔宾馆举办的选美比赛的优胜者——"王后"与"王妃"

马达尔宾馆内部（组图）

百年后回望卡斯普的愿望，不由得为之赞叹。这座有着百年风华的建筑见证了哈尔滨的历史。《红星照耀中国》的作者、美国记者埃德加·斯诺曾在 1928 年和 1934 年两次来到哈尔滨，下榻马迭尔宾馆。他在哈尔滨实地采访，后撰文揭露了日本帝国主义侵略东北的罪行。世界著名男低音歌唱家夏里亚宾，也曾在 20 世纪 30 年代来哈演出，并下榻马迭尔宾馆。在哈尔滨市博物馆的"丁香消息——中央大街历史风情展"中，我曾看到过夏里亚宾的亲笔签名照。

马迭尔宾馆当年聚集了很多外籍人士和社会名流，也成为中共地下工作者和敌人进行谍报战的主战场。《马迭尔旅馆的枪声》《夜幕下的哈尔滨》《悬崖》等抗战题材的影视作品都曾在此取景拍摄，让观众得以重温当年那个没有硝烟的战场。

1946 年，哈尔滨这个全国解放最早的大城市迎来了新生。1948 年，毛泽东等中央领导选定哈尔滨为新政治协商会议筹备地之一，马迭尔宾馆是新政协筹备会的会址，新政协从这里出发。沈钧儒、谭平山、蔡廷锴、章伯钧等知名爱国人士纷纷下榻于此。经过三次会谈，达成了《关于召开新的政治协商会议诸问题的协议》。马迭尔宾馆二楼一号会议室，就是中共中央代表与当时在哈民主人士进行会谈的会议室。如今，修缮如初的会议室已成为爱国主义教育基地，记录着那段令人心潮澎湃的红色烽火。

我们今天访问马迭尔宾馆，会看到宾馆走道两侧陈列着建设之初使用的书架、钟表、电话、装饰品等，还有卡斯普家族使用的当时非常高级的德国净水器、法国果篮、日本电熨斗，以及收藏的犹太教祭祀器皿。宾馆保存有历史名人房间 18 间，铭记了历

02 建筑·故事

马迭尔宾馆内有历史名人房间18间，此为部分房间房门（组图）

史风云的点点滴滴。1949年9月，鲁迅之子周海婴也曾来到哈尔滨，爱好摄影的他特意为马迭尔宾馆拍下了一张照片，现保存于马迭尔宾馆大堂，照片不仅记录了马迭尔宾馆的风姿，还保存了当时中央大街路人的衣饰打扮与神态。

2013年5月3日，马迭尔宾馆被中华人民共和国国务院公布为第七批全国重点文物保护单位。2017年12月2日，入选"第二批中国20世纪建筑遗产"。

马迭尔宾馆太著名了，著名到即使你是晚上来到中央大街，也不用担心找不到它，因为哪里有音乐，哪里就是马迭尔。

当夜幕降临，马迭尔宾馆的阳台音乐会就开始了。潇洒帅气的俄罗斯音乐家，用小提琴演奏《喀秋莎》《卡林卡》《红梅花儿开》等俄罗斯经典音乐作品，引得观众掌声不断。美丽的金发俄罗斯女孩，用中文唱起《月亮代表我的心》《祝福》等中国流行歌曲，她那随风起舞的纱裙在灯光的照耀下，在广阔无垠的夜空衬托下，是那样飘逸、那样柔美，宛如天仙下凡……歌声中，我们好像回到了百年前的哈尔滨，时尚与风流百年不衰。

马迭尔冰棍，零下30℃来一根

哈尔滨的冬天，寒风凛冽，大雪纷飞。然而，在这冰天雪地中，中央大街却有一道独特的景观——人手一支冰棍，那是马迭尔冰棍！这支冰棍品牌百余年始终畅销，无论三伏天，还是三九天，永远有人排队购买。

传说这里还隐藏着一个"好心有好报"的商业故事。一个俄国年轻人因贫病晕倒在马迭尔宾馆门口，约瑟·卡斯普端来面包片、红菜汤仗义救助。醒来的年轻人为表谢意，送给卡斯普身藏的冰激凌调配宫廷秘方。卡斯普按方调制出俄国公卿贵族喜爱的冰激凌味道。从此，马迭尔冰激凌大受推崇。后经卡斯普改良，外观变成方砖模样，并配以木片做把儿，马迭尔冰激凌变成百年来长盛不衰的马迭尔冰棍。

这里的冰棍不再是为了满足人们解暑的需要：本地人买总是为了怀旧，外地游客买总是为了寻找仪式感。当冰棍在齿间融化的那一刻，快乐和满足仿佛也从舌尖直接停驻在心底。情绪低落的时候吃上一口，心里就会升起明亮的太阳。

土耳其诗人纳齐姆·希克梅特有句名言："人的一生有两样东西是不会忘怀的，一个是母亲的面孔，一个是城市的面孔。"

马迭尔宾馆阳台音乐会

马迭尔冷饮厅

时光如白驹过隙,马迭尔宾馆经历了岁月的洗礼,早已与哈尔滨人的生活深深相融。很多在哈尔滨长大的人,成年后远离家乡,最想念的味道,就是这口冰棍的味道。回到家乡,一定要买一根,只需一口,时光的闸门会随着对马迭尔冰棍的记忆轰然打开,遇见童年的自己。

这味道,也是哈尔滨的城市面孔之一。漫步在中央大街的面包石路上,品尝一口马迭尔冰棍,不仅是一次味觉的盛宴,更是一场关于历史、文化和情感的美妙邂逅。它的味道成为哈尔滨这座城市不可或缺的甜蜜符号,能让我们在怀旧中,更加热爱当下。

圣·索菲亚教堂，
入诗入梦的钟声

曾经在哈尔滨生活过的俄罗斯作家叶莲娜·涅杰利斯卡娅（1910—1980），在离开哈尔滨旅居悉尼时，写下了这样一首思念哈尔滨的诗：

常常以为那不是梦中的幻影，
醒来时，
耳边回荡着哈尔滨教堂的钟声
那就是我银装素裹的城。

"假装"去欧洲

1991年来到哈尔滨读大学，我就听同宿舍的哈尔滨姑娘说起圣·索菲亚教堂。她说，哈尔滨有很多老教堂，其中，最大的圣·索菲亚是一个东正教教堂。我们几个女生一起去道里区逛服装店，一个一个小店搜索心仪的衣服，从一个店出来，我抬头看到在连成片的精品店遮蔽下，墨绿色穹顶的一角在阳光的照射下散发出迷人的光泽，如同一个神秘耀眼的美人在嘈杂的棚户之中莞尔一笑。同宿舍的姑娘说，那就是圣·索菲亚教堂，现在是哈

圣·索菲亚教堂夜景

一百①的仓库。转眼30余年过去了,我们那一代大学生已经老了,圣·索菲亚教堂却随着哈尔滨城市建设的发展,正青春,魅力四射。

2023年,哈尔滨入冬的第一场大雪,火爆了圣·索菲亚教堂,落雪如花,晕染、衬托着圣·索菲亚教堂拜占庭风格的建筑,越发堂皇气派、别具一格。洁白的雪花在教堂的墨绿色穹顶上轻舞,仿佛是冰雪童话中的公主出场仪式。那只火遍全网的逃学企鹅背着书包,在大雪中奔向圣·索菲亚教堂,在广场上嬉戏,欢

---

① 哈一百,位于哈尔滨的一家百货商店,始建于1974年,是国有百货第一店,曾受到国务院通令嘉奖。

庆哈尔滨的第一场雪。雪中俄罗斯公主、女皇打卡照的视频红遍全网。零下30℃，视频中的女皇、公主们香肩微露，波浪长发上落满雪花，站在圣·索菲亚教堂前，惊艳了无数南方"小土豆"，掀起了哈尔滨旅游的热潮。

社交平台上，许多网友分享着哈尔滨"citywalk"路线，直呼"不是欧洲去不起，而是哈尔滨更有性价比"。

到圣·索菲亚教堂打卡拍照，"假装"去欧洲，已经成了驴友们的梗。现在的圣·索菲亚教堂广场，基本是三步一个欧洲公主、五步一个俄罗斯女皇，成了旅拍的热门项目。

大教堂的点睛之笔，无疑是那巨大的洋葱头穹顶，饱满的圆弧描绘出哈尔滨与众不同的过往。顶部的金色十字架与大穹顶形成主从式布局，错落有致，展现出神圣而庄重的美感。墙面则是古朴典雅的红砖，与绿色的穹顶形成鲜明的色彩对比，红砖绿顶言说着来自历史的对比视觉美。

走进教堂，厚重的墙体将广场的嘈杂摒弃，心也不由得随之静定；光线同时沉暗了下来，阳光透过高高的彩色玻璃窗洒在地面上，形成五彩斑斓的光带，灰尘的颗粒感清晰可见。

教堂内部挂满精美的壁画和雕塑，每一处细节都展现着艺术家们的匠心独运。教堂灰颓的墙皮似乎随时能脱落下来，但穹顶的宗教绘画依然清晰，圣像也依旧威严。虽然今天的圣·索菲亚教堂已不再有宗教职能，但这里宁静和神圣的氛围依然让人心生肃穆。精致的教堂模型展览，弥补了游客只能在广场上仰视其局部的遗憾，让我们以"上帝视角"，去细细品读圣·索菲亚教堂的每一个细节。

难忘的教堂钟声

圣·索菲亚教堂的前世今生,都是一种惊艳的美丽。它的前身是俄国东西伯利亚第四步兵师修建中东铁路时建造的一座随军教堂,规模不大,但在当时给远在中国的俄罗斯人带来的精神慰藉,却是不言而喻的。第四步兵师撤离哈尔滨后,将教堂捐赠给当地的俄罗斯东正教教徒。1907 年,俄国大茶商伊·费·契斯佳科夫出资 6 万卢布,重新修建了一座全木结构教堂,新教堂规模更大、更漂亮,进一步满足了当地俄罗斯东正教教徒的需求。1908 年 11 月 23 日,俄国远东地区大主教叶甫谢维为圣·索菲亚教堂举行了隆重的祝圣仪式,前来祈祷的人是人山人海,十分壮观。1912 年 11 月,圣·索菲亚教堂再次重建为砖木结构,使教堂更加坚固和宏伟。重建完成后,教堂举行了新的祝圣仪式,进一步巩固了其在哈尔滨的地位。

在当时信徒的生活中,教堂本身就是一种他们在异国他乡生活的告慰。著名中国俄侨历史文化专家叶莲娜·塔斯金娜的《哈尔滨:鲜为人知的故事》中写道:"1940 年以前这里有很多的教堂,哈尔滨及其郊区有着大大小小 20 余座教堂。教堂上的圆顶和回荡的钟声总是令人满怀乡愁,顿生怀旧的思绪,不免勾起对俄罗斯的回忆。"

第一次世界大战和俄国十月革命爆发之后,大批俄罗斯人逃离家乡来到哈尔滨定居,使得哈尔滨的俄罗斯人口迅速增长,以至于圣·索菲亚教堂的空间已经无法容纳如此多的信徒。于是,俄国人不得不对教堂进行扩建。1923 年 9 月 27 日,圣·索菲亚

圣·索菲亚教堂
内部（组图）

教堂第三次重建，历时九年，于 1932 年 11 月 25 日落成。教堂既受拜占庭建筑风格影响，主穹顶、钟楼又有俄罗斯传统的"帐篷顶""洋葱头"造型。教堂通高 53.35 米，占地面积 721 平方米，很多俄侨都来这里礼拜、忏悔，成为远东地区最大的东正教教堂。

教堂的正门顶部为钟楼，悬挂着 1 大 6 小共 7 座乐钟，7 座铜铸的乐钟恰好是 7 个音符。这 7 个乐钟要由训练有素的敲钟人，把座钟槌上的绳子系于身体不同部位，手足并用，有节奏地拉动钟绳，才能敲打出抑扬顿挫的钟声。那时，每当礼拜日的清晨和落日时分，教堂内都会响起悠扬的钟声。据有些老哈尔滨人回忆，连几十千米外的阿城居民都能听到，堪称哈尔滨的一大奇观。作家阿成在《风流倜傥的哈尔滨》一书中写到了他聆听圣·索菲亚教堂钟声的感受，是那样入耳入心："这座教堂的悦耳的钟声从我的少年时代开始，就一直响在我的耳边。屈指算来，圣·索菲亚教堂的钟声已经停止了 30 多年了，但它早年的钟声却从未在我的耳畔消失过。"

"智慧"的永恒魅力

圣·索菲亚教堂是哈尔滨的地标建筑，却很少有人想过，"索菲亚"到底是什么意思。

"索菲亚"一词来自希腊文，意为智慧。东正教中仍然保留着有关索菲亚的崇拜。圣·索菲亚的意思，就是上帝的智慧。

世界其他地方有好几座著名的圣·索菲亚大教堂，和哈尔滨的圣·索菲亚教堂一样，都是拜占庭风格的建筑。其中最著名的

02　建筑·故事

1912年，圣·索菲亚教堂重建，砖木结构，古朴凝重

圣·索菲教堂旧影（组图）

是位于土耳其的伊斯坦布尔，由君士坦丁大帝修建的圣·索菲亚教堂。还有修建于 11 世纪的俄罗斯克里姆林宫内的圣·索菲亚教堂。同样的名字，同样代表着对上帝智慧的崇拜。

20 世纪 70 年代，圣·索菲亚教堂被严重破坏，穹顶上的十字架被拆除，壁画和十字架丢失。1986 年，哈尔滨市将圣·索菲亚大教堂列为重点保护建筑。1996 年，经国务院批准，被列为第四批全国重点文物保护建筑。人们在修复教堂的过程中，还发现了尼古拉教堂、圣·索菲亚教堂等 12 座哈尔滨老教堂的原始设计图纸。这些图纸保存完整、标注清晰，成为教堂修复的重要参考。

圣·索菲亚教堂只是哈尔滨教堂建筑的一小部分，还有很多教堂分布于哈尔滨的闹市街区中。据不完全统计，哈尔滨市现有圣·阿列克谢耶夫教堂、圣母守护教堂、呼兰天主教堂等 20 余处，它们以其独特的建筑风格，吸引着无数游客和摄影师前来探访。

天堂的落脚点在人间，彼岸最终在此岸。

圣·索菲亚教堂是哈尔滨的一颗明珠。曾经，人们在这里沉思、祈祷，寻找内心的慰藉和力量。今天，人们开心地在这里扮演去欧洲的各种戏码，发布在社交媒体上，讲述着哈尔滨的历史和现在带给人们的幸福感。

铁路局"黄房子",
哈尔滨的主色调

哈尔滨的色彩美学,有别于中国传统色彩美学的哲学思考与象征意蕴,吸收了巴洛克晚期和洛可可的色彩灵感,多用柔和、浅淡的淡粉、淡蓝、浅绿、米白和淡黄色,反映了优雅、浪漫的艺术特征。在中华巴洛克老街区、中央大街的老建筑上,常见这些色彩。搭配精致的装饰线条和雕塑,营造出一种典雅而温馨的氛围。在描绘哈尔滨的调色盘中,最鲜明且独具韵味的,莫过于那抹淡雅的黄色,而承载这份城市记忆的正是那些伫立在铁轨旁的"黄房子"。这些铁路局的建筑,宛如时光的守望者,用它们那柔和而温暖的色调,讲述着这座城市的历史与变迁,成为哈尔滨不可或缺的文化符号,深深地烙印在每一位过客的心中。

"黄房子"犹如一帧帧宁静致远的水彩画卷，每一笔都细腻地勾勒出哈尔滨的城市记忆，那柔和而温暖的色调，成为哈尔滨不可或缺的文化符号，深深地烙印在每一位过客的心中

铁路带来的淡黄色

伴随着中东铁路的延伸，当时的哈尔滨迎来了一拨又一拨俄国移民潮，他们不仅带来了异域风情的美食与信仰，更在城市的肌理中刻下了深深的俄式印记。在哈尔滨城乡规划展览馆内，一段段历史影像和翔实的文献资料，生动地再现了俄罗斯人在修建铁路的同时，如何精心规划这座城市的脉络。1899年春，中东铁路工程局对新市街（今哈尔滨市南岗区）进行规划。哈尔滨首位城市建设规划工程师列夫捷耶夫，将莫斯科的建筑精髓与哈尔滨的自然地理完美融合，绘制出一幅宏伟的城市蓝图。这一构想得到了远在圣彼得堡的中东铁路公司的首肯，随即变为现实。

其中的一片规划区域，就是中东铁路工程技术人员的住宅区。它东至交通街，西达海城街与公司街，南邻木介街和繁荣街，北接联发街、西大直街以及花园街，形成了规模宏大、国内罕见且历史悠长的中东铁路特色民居建筑群。这些建筑选用中东铁路沿线最优质的建材——钢材、水泥与砖石，还雇用了上千名熟练的瓦匠、木匠和石匠，构筑出一座座兼具实用与美观的居所。

俄式民居以独特的建筑风格著称，厚实的墙体涂上了一层层黄石灰水，冬日保暖，夏日清凉，其厚度为60多厘米，彰显着对居住舒适度的极致追求。临街一侧，木质结构的门斗与凉亭错落有致，尖顶双扇门设计既实用又美观；凉亭则大小各异，上半部分采用方格或彩色玻璃窗，搭配锯齿状装饰条，下半部分则是雕花木墙，精致而不失大气。每栋建筑均设有后门，便于日常出入。屋顶覆盖着洋铁皮、红瓦或灰瓦，窗户高大，采用双层设计，保证了室内充足的采光与通风。红松制成的地板与天棚厚实耐用，而精美的水晶吊灯则为空间增添了几分奢华气息。屋中搭有壁炉，厨房内还有地窖，冬天可储藏白菜、土豆，夏天可冰镇西瓜、啤酒。

这些"黄房子"还都配有前后花园，园中用削尖的木桩围成篱笆，种植着各式各样的果树，米黄色的房屋与绿色的栅栏相映成趣，很快就成为哈尔滨建筑的主旋律，成为这座城市一道亮丽的风景线。

1903年7月，中东铁路全线通车，大批俄籍高管、工程师携带家眷，来到哈尔滨的"黄房子"生活。每到周末，这里街头都回荡着轻快曼妙的手风琴声，俄罗斯人在这里载歌载舞……

除了中东铁路的俄国管理高层，中俄高级知识分子和艺术家也有不少人曾居住在"黄房子"。这里还有一位传奇住户，即西南联大教授刘泽荣，他曾主编《俄汉大辞典》，著有《俄文文法》等。刘泽荣曾出任中东铁路理事、哈尔滨市公议会议员，成为中俄两国的联通人，据说中国人若想见列宁，都需由他联系。

在老哈尔滨人的回忆中，那段与"黄房子"共度的岁月，如同一幅幅生动的画卷，历久弥新。他们忆述着童年时期与俄国邻居之间的互动。

它曾是条"将军街"

黄色属于暖色，在寒冷而漫长的冬季，能给人带来暖意。在相当长的一段历史时期，这片街区被称为"铁路官房""苏联房"。

哈尔滨"黄房子"按照修旧如旧的原则翻新（组图）

1946年4月28日,哈尔滨解放,成为全国解放最早的大城市。后来,东北局便由长春迁到哈尔滨,多位中共领导人也住进了联发街的"黄房子"。"黄房子"所在的联发街,也成了哈尔滨人口中的"将军街"。

联发街1号的南岗博物馆,前身是建于1904年的中东铁路总稽核(中东铁路局副局长)官邸,后来在解放战争时期成为东北民主联军的作战指挥部,解放战争中许多影响着中国未来的指令都是从这里发出的。联发街5号,曾是东北民主联军首长的住处。

位于南岗区辽阳街7号的"黄房子",同样与中华人民共和国成立时期的将军们息息相关,不仅是历史的见证,更是一段辉煌岁月的缩影。这栋建于20世纪20年代的折中主义建筑,原为高级花园住宅,在解放战争的烽火岁月中,曾一度成为中共中央东北局的重要办公地点,留有"土改"、剿匪和辽沈战役等重大历史事件的记忆,见证了那段光辉而又艰苦卓绝的斗争历程。如今,这栋"黄房子"被列为哈尔滨市一类保护建筑,《奋斗》杂志社在这里开办了"奋斗者App直播间"。在这里,一系列与红色历史和传统文化相关的活动蓬勃开展,不仅举办了各类讲座,还展出了大量珍贵的黑龙江解放战争历史资料。2021年夏,我曾有幸在这座充满历史气息的建筑中进行了一场名为"唱出《诗经》之美"的讲座,带领现场的机关干部和传统文化爱好者,一同身着汉服,将古老的《诗经》在"黄房子"里唱响。

讲座结束后,大家纷纷站在庭院中与"黄房子"合影留念。庭院中的古树见证着时间的流转,依旧葱茏繁茂,仿佛在诉说着往昔的故事。文物保护部门对这里的重视程度可见一斑,他们特

本书作者在辽阳街 7 号讲座后合影

别强调，连一片树叶也不能少，不允许有任何破坏，这充分体现了对历史文化遗产的尊重与呵护。能够在一个如此具有历史价值的文物保护建筑中举办讲座，不仅是一次难得的学习机会，更是一次深刻的文化体验，给我留下了难以磨灭的美好记忆。

"一小段凝固的音乐"

"它是这块土地上很少能见到的一小段凝固的音乐，是一幅安静的画，类似水彩或者油画。"黑龙江著名诗人包临轩曾这样形容"黄房子"之美。

黄房子街区的自然景观别具一格，各具特色的树种沿着不同

南岗博物馆

的街道生长，构成了四季更迭的美妙画卷。西大直街与花园街两旁，挺拔的榆树撑起一片片绿荫，夏日里，它们枝繁叶茂，为行人遮挡烈日；北京街上，山核桃树静静矗立，仿佛讲述着岁月的故事；海城街的榆树，则被巧妙地修剪成蘑菇状，增添了几分趣味与艺术感；而沈阳街边的白桦树，以其特有的洁白树干，成了冬日里一抹亮眼的风景。

画家凡·高有一幅著名的画《黄房子》，用单纯明亮的色彩，画出了他在法国阿尔勒居住过一栋黄色的房子。黄色是凡·高最喜爱的颜色，象征着生命与光明。画中的黄房子在深蓝色天空的映衬下，表达了凡·高对黄房子的钟爱与对未来生活的憧憬。

凡·高笔下的黄房子，和哈尔滨的黄房子有着异曲同工的色彩之美。联发街1号的"南岗博物馆"就是黄房子的典型代表。每逢假日，总会有美术学院的学生到此写生。这栋极富艺术表现力的砖木混合结构的二层建筑，门窗、阳台、檐口等处流畅的曲线形木构件装饰，赋予建筑流动的美感，在水彩画中分外动人。

2023年闰二月，哈尔滨的秋天显得格外长，大自然把这座城市调成了同一色系，暗绿、明黄、深黄、浅咖、深咖、红色，层层叠叠、错落有致地搭配，让生活在其中的人也忍不住要融入这个色系，想穿一件秋天色彩的外衣，到外面走走，与树上的叶子撞色去。哈尔滨的秋之美，在"黄房子"的映衬下更加色彩秾丽，那是一幅大自然与历史和时间合作绘就的画卷。

2021年，随着《花园街历史文化街区保护规划》正式获批，哈尔滨的多栋"黄房子"旧貌换新颜。这抹淡黄色，不仅仅是一种颜色，更象征着哈尔滨人民对生活艺术的不懈追求，以及对美好生活的无限向往。

哈尔滨黄房子

凡·高名画《黄房子》

一颗纽扣，
讲述防洪胜利纪念塔英雄故事

著名作家梁晓声的作品《黑纽扣》，是 20 岁的我喜欢上哈尔滨市防洪胜利纪念塔的理由。

我还清楚地记得，读大学二年级时我一口气读完了《黑纽扣》，热泪盈眶。我特意叫上同宿舍的几个女孩一起去了防洪胜利纪念塔。那天我们在江沿一边散步，一边哼唱《莫斯科郊外的晚上》。

那是 1992 年，梁晓声老师的《黑纽扣》，让我们几个远离家乡到哈尔滨读书的女孩爱上了这座城市，并且是怀着深深的敬意来热爱的。

防洪胜利纪念塔爱情故事

出生于哈尔滨的作家梁晓声，以自己童年的真实经历为底本，写下了《黑纽扣》这个故事。

故事的主人公是梁晓声的小姨。叫小姨，其实不是真小姨，是梁晓声的母亲"捡"来的。

02 建筑·故事

哈尔滨市人民防洪胜利纪念塔广场

她是农村人,高小毕业后到离家 100 多公里的城里打工,在铁路上做临时工。那一段时间,她一直是在火车站过夜的。梁晓声的母亲也在铁路上做临时工,了解到她的情况之后就把她带回了家。小姨年轻漂亮,自己还是个大孩子,却像个大人一样,照顾这个家。她把屋子粉刷一新,墙上贴了好看的画儿,把讨厌的臭虫清理干净,帮孩子们收拾得干净、漂亮。梁晓声他们几个孩子都因为家里有了小姨,过得比以前更乐呵了。

小姨特别能吃苦,干活实诚,很快就转正了,住到了职工宿舍。第二年秋天发大水,小姨好一段时间没有来,梁晓声的母亲以为她是参与抗洪忙。后来才知道,她因为未婚先孕被单位开除了。再后来,小姨回到梁晓声家,生下了一个女儿。小姨厂里领导上门了解情况,说只要说出孩子父亲是谁,就不开除她。母亲也不停追问小姨,但小姨就是不说。在那样的时代,小姨后来的日子,当然是无比艰苦,一个人抚养女儿,20 多岁憔悴得就像 30 多岁,整天愁容满面。40 多岁时,小姨就得了重病……

梁晓声去看小姨,小姨告诉他,自己这辈子,把女儿培养成了研究生,没有遗憾了。现在没有人再关注她孩子的父亲是谁了,她却很想把自己的故事说出来,让这个世界上有人能知道,自己爱的是一个很好很好的人。

小姨说,那个男人是个复员军人,曾参加抗美援朝,立过二等功,是她们那批转正女工的领队,是个人品很好的人。两人瞒着所有人偷偷相爱。

那年临近中秋节发洪水,他去抗洪,其实那批抗洪名单上并没有他,因为是预备党员,他非要去参加。临行前,小姨和他见了一面,给他口袋里塞了两块月饼,看他衣服缺个扣,就找了个纽扣准备给他缝上,刚缝了两三针,外面就敲锣打鼓地喊:"抗洪的马上出发了!车一刻不等啊!"男人急忙把扣子从衣服上揪了下来……

后来,那个男人成为烈士,被追认为共产党员,厂里还给他开了追悼会,他的事迹登了报纸……

这时候的小姨已经怀了他的孩子三个月了,她发誓永远不告诉别人这个孩子是谁,因为未婚先孕会影响爱人的形象和名誉。

她把那个没有缝上的带着线的黑纽扣放在一个盒子里,保存了几十年。

说完这件事的第二天,小姨就去世了……

小姨为了心上人的名誉,自己背负着沉重的包袱过完了短暂的一生。因为她拼尽一生要维护的爱人,正是哈尔滨市人民防洪胜利纪念塔所要表彰和永远铭记的英雄。

梁晓声这位当代文学巨匠,让我对抗洪英雄有了具体的感知。在他的笔下,抗洪英雄不再是遥远的传说,而是有着血肉之躯、喜怒哀乐的普通人,他们或许有着各自的软肋与困境,但在灾难面前,却能爆发出超乎寻常的勇气与坚韧。

哈尔滨市人民防洪胜利纪念塔

哈尔滨人都习惯性地称其为"防洪纪念塔",去江沿溜达,也常常用去防洪纪念塔来指代。

其实，我们越习以为常的东西，越容易出错。

哈尔滨防洪纪念塔的全名是"哈尔滨市人民防洪胜利纪念塔"，其中的关键词就是"胜利"，那是来之不易的胜利。因为在那之前，哈尔滨有过多次洪灾。

远的不说，1932年的大洪水使松花江决堤，道外区被淹，道里区的好多地方也成为泽国，街可行舟。作家萧红怀着身孕，被洪水困在道外一个宾馆，后来是萧军弄到一条船，去解救了她。当时哈尔滨市只有38万人口，但有23.8万人受灾，2万多人丧生。

中华人民共和国成立后，1953年、1956年和1957年哈尔滨又连续遭受洪水。特别是1957年的特大洪水，松花江水位高达120.30米，比1932年的最高水位高出0.58米，超出市区地面4米左右。松花江成了名副其实的悬江，沿江堤坝险象环生。

说起1957年抗洪，老人至今还都记得。当时虽是9月，却寒气逼人，参加抗洪的人们，手执铁锹，打着赤脚，没日没夜地奋战在抗洪抢险前线……终于战胜了百年不遇的特大洪水，哈尔滨市安全无恙！这年11月，哈尔滨市政府决定修筑市区永久性江堤，哈尔滨人民发扬战胜洪水的精神，提前7个月完成了原定两年的工程，筑起了坚固的"百里长堤"。

为纪念防洪斗争和筑堤的胜利，表彰全市人民的丰功伟绩，市政府于1958年10月1日修筑了这座防洪胜利纪念塔，这是中华人民共和国成立后哈尔滨的第一个标志性建筑。

致敬英雄群像

哈尔滨市人民防洪胜利纪念塔,这座矗立于松花江畔的雄伟建筑,不仅是一座纪念城市抗击洪水胜利的丰碑,更是建筑设计领域的一次国际合作典范。它由苏联设计师巴吉斯·兹耶列夫与哈尔滨工业大学的杰出建筑师李光耀携手创作,两位大师的智慧与才华在此完美融合,创造了一件既承载历史记忆又富有艺术美感的建筑杰作。

塔址由时任哈尔滨市市长吕其恩确定,他以敏锐的眼光和前瞻性的思考,确定了这座纪念塔的最佳位置,使其与中央大街相连,既能与百年老街的历史文化关联互动,又能够成为松花江畔的一道亮丽风景线,更能够成为哈尔滨人民心中的一座精神灯塔,永远铭记那段风雨同舟、众志成城的抗洪历史。

2017年12月2日,哈尔滨市人民防洪胜利纪念塔光荣入选"第二批中国20世纪建筑遗产"名单,是哈尔滨最年轻的一类保护建筑。

防洪纪念塔塔高22.5米,在松花江畔巍然耸立。塔顶雕塑着3.5米高的工、农、兵、知识分子的全身立像:中间是一位左手执旗,右手挥扬的工人;左面是一位头戴战斗帽,振臂冲锋的士兵;右面是一位身穿连衣裙、外罩风雨衣、脚穿半高跟水靴、手持铁锹迎风而立的知识女性;背面是一位身着雨衣,正在砌筑沙包的农民。

塔基的上下两层水池,分别标志着1957年和1932年两次特大洪水的水位。在水池之上塔基上的一根金黄的金属线,标示着

"哈尔滨城市丰碑"

哈尔滨市人民防洪胜利纪念塔浮雕与水位线

1998 年特大洪水的历史最高水位。基座上方采用了波浪式水泥杆，镶嵌着与真人一样大小的 24 位人物浮雕，述说着防洪抢险大军从宣誓上堤、车推肩扛、运土打夯、砌筑沙包的抢险斗争到胜利庆功等场面，还有一位为抗洪大军送热酒的大娘形象。浮雕中，还有一位俄罗斯人塑像，代表着参加抗洪抢险的外国侨民。这是抗洪抢险英雄的立体群像。

纪念塔上的雕像和浮雕都是沈阳鲁迅美术学院雕塑系师生以战士、居民、俄罗斯侨民真人为模特创作的。

1997 年 11 月，时任俄罗斯总统叶利钦访问哈尔滨，在得知

115

1957年那场惊心动魄的抗洪斗争中,有上万名侨居哈尔滨的俄罗斯人与当地民众并肩作战,共同抵御洪水侵袭的感人历史后,叶利钦总统特地前往松花江畔,瞻仰了巍然屹立的哈尔滨市人民防洪胜利纪念塔。叶利钦总统站在纪念塔前深深地致以三鞠躬的那一刻,不仅是对逝去英雄的崇高敬意,更是对两国人民友谊的深情致敬。

江水见证,丰碑永存!

江水悠悠,见证着岁月的更迭与历史的沉淀;丰碑巍峨,铭刻着勇敢与牺牲的永恒记忆。

随着时间的流逝,防洪纪念塔已经从一处历史坐标,成为市民休闲的好去处。

"走啊,上江沿啊!"在无数个琐碎的日常,抑或在每一个大小节日,哈尔滨人常常会走到防洪纪念塔广场的江沿,吹一吹江风,看一看落日,心中的纷扰便会一扫而光。

在未来的日子里,无论时光如何流转,这座纪念塔都将以其庄严的姿态,继续守望着这片土地,让后世子孙能够从中汲取力量。

哈尔滨文庙，
那些被雕刻的老时光

　　文庙，又称孔庙、夫子庙、先师庙等，是祭祀孔子的庙宇。因孔子被尊为文宣王，尤以"文庙"之名最为普遍。文庙的故事，要从公元前478年孔子去世后第二年说起。孔子首创私学，有教无类，倡导、推行礼乐文明，被尊为至圣先师、万世师表。孔子去世后，鲁国执政者、孔家后人及弟子以孔子故居为庙，岁时奉祀。据《汉书·高帝纪》记载，汉高帝十二年（公元前195），汉高帝刘邦用牛、羊、猪三牲皆备的太牢之礼祭祀孔子，开历代帝王祭孔的先河。汉武帝"罢黜百家、独尊儒术"之后，祭孔成为历代帝王的常典，并不断给孔子加封谥号，不仅曲阜文庙规模越来越大，中国各地在各个时代都修建文庙，以表达对孔子的敬意。明清时期，更是每一州、府、县都建有文庙，并形成了完整的规格礼制。在所有文庙中，哈尔滨文庙是非常特别的一座，有不同于其他文庙的两个特点：一是中国历史上建造的最后一处规制完备的文庙；二是由地方政府主持，中外人士共同筹资，共同建造。

春寻百花夏乘绿,秋赏银杏冬观雪。哈尔滨文庙的四时之美,走进了越来越多人的心里。来到这里,就仿佛穿越了时光,与中国文化、黑龙江历史相见欢

福佑学子的文星宝地

文庙的一砖一瓦都是有故事、有历史的。哈尔滨文庙始建于1926年,兴建时就没有开正门,现在的大门是另修的边门。按照中国传统,无论何时何地修建文庙,如果想开正门,必须先由当朝、当地的状元来祭孔,才可以辟建。这个习俗本身就有鼓励地方重视教育,激励青年不断学习、上进的意义。哈尔滨文庙在修建的时候,科举制度早已废除,再无状元来祭孔的可能,也就没有修建正门。从边门走进文庙,首先映入眼帘的是东牌楼"德配天地"匾额。"天不生仲尼,万古如长夜"(《朱子语类》),孔子之前,学在官府,普通人没有受教育的权利。孔子创办私学,实现

了教育公平。孔子所开创的儒家思想,重视仁、礼、义,强调在生活中践行孝、悌、忠、信,成为一代又一代中国人的行为指南。因而东牌楼题字"德配天地",名为"礼门";与之相对的西牌楼叫"义路",题字"道冠古今",表达对先师孔子的崇敬。

从东牌楼走进文庙,就会看到寓意吉祥的半月形泮池,泮池中间架有泮桥,也叫状元桥,蕴含祝福学子学业有成之意。泮池中的锦鲤,寓意着吉庆有余。科举时代,学子来孔庙祭祀时,没有功名的只能绕着泮池而走,有功名的士子,方可走过状元桥。泮池正对着棂星门,传说棂星为天上文星,以棂星比孔子,赞美孔子广育英才。

哈尔滨文庙泮池鲤鱼

哈尔滨文庙泮池

哈尔滨文庙棂星门（组图）

哈尔滨文庙的主体建筑，包括东、西牌楼，均采用了帝王宫殿才能使用的黄色琉璃瓦，这是清雍正时破格诏许用在文庙建筑上的。棂星门、大成门、大成殿檐下的额枋彩绘，也是御用的最高等级"金龙和玺"样式。置身文庙，目光所及，红墙、黄瓦，檩枋彩画以青绿作底，金龙盘绕，充分体现了中国传统建筑的规制与色彩美学。棂星门后是孔子像，雄伟的殿堂衬托着伟岸的孔子像，体现了君子如日如月、如山如河的气质风度。

拜谒孔子像之后，顺次走到大成门。按照皇宫礼制，朱红色的大成门镶有九九八十一颗门钉，门前汉白玉浮雕上，山海相连图案衬托着双龙戏珠造型，寓意"风调雨顺，江山永固"。

哈尔滨文庙孔子像

02 建筑·故事

哈尔滨文庙东、西牌楼（组图）

哈尔滨文庙大成门之一

02　建筑·故事

哈尔滨文庙大成门之二

雪中文庙

因为中国建筑色彩的高级审美，哈尔滨文庙还是网红博主最爱的视频拍摄点、旅拍达人的打卡地之一。雪后的哈尔滨文庙，更是一幅动人心魄的画卷，它将东方古韵与北国风光巧妙融合，呈现出一种超越时空的美感。金黄色的匾额在皑皑白雪的映照下，历史的沉淀与时光的流转仿佛在此刻凝固，散发出庄重而神秘的气息。古老的琉璃瓦上覆盖着一层薄雪，宛如镶嵌在屋顶上的颗颗珍珠，每一处细节都在言说着岁月的故事，折射出晶莹剔透的光芒，让人心生敬畏。红墙、白雪、黄瓦、青绿檩枋，再加上古色古香的斗拱、宽大的廊柱和精美的石刻，古朴典雅的人文之美与哈尔滨的冰雪完美结合。站在这样的场景中，仿佛自己也成为这幅画的一部分，不再是旁观者，而是融入了这古老而又现代的城市画卷中。

从大成殿到崇圣祠

大成殿是文庙的主殿，原名文宣王殿。"大成"之名源自宋徽宗，他尊孔子为"集古圣先贤之大成"，因之将文宣王殿改名为"大成殿"。大成殿匾额是由中国最后一任状元刘春霖题写的。据《哈尔滨文庙碑志》记载："自清光绪三十二年升孔子为大祀……凡庙制，大成殿居中南向，为堂九，为夹室二，都十一楹。"哈尔滨文庙修建之时，孔子的祭祀规格已升为大祀，大成殿的设计就采用了九堂二夹室十一开间大祀的规格，超过了曲阜孔庙和北京孔庙的九开间格局，规格上为全国文庙之最。

大成殿的屋顶结构也是中国传统建筑中的最高等级，顶层飞

哈尔滨文庙飞檐走兽

哈尔滨文庙大成殿

檐上摆设骑凤仙人、龙、凤、狮、天马、海马、狻猊、押鱼、獬豸和斗牛十个走兽，突破了传统规制的六个走兽。哈尔滨文庙兴建的时间正处于中国建筑风格的变革时期，因而其建筑不仅保留了中国传统建筑的特色，也吸收了西方建筑的合理元素。大成殿的内外金柱由木材改成钢筋混凝土材质，更加坚固安全。每年公历九月二十八日（孔子诞辰），都会在大成殿举行祭孔大典，古代称为"释奠礼"，表达对孔子的敬意与怀念。

哈尔滨文庙是仿照清代建筑形制的三进院落，经一进院落泮池、棂星门，至第二进院落大成殿，最后是第三进院落的崇圣祠。崇圣祠雅静清幽，花木扶疏，每年春夏，鲜花次第开放。来到这里的人们，都想在院中长椅上静静坐一坐，欣赏被榆叶梅、李花、丁香簇拥的崇圣祠的典雅风韵。

每年我都会到文庙三五次，或与家人休闲，或与朋友拍照，或带外地朋友来参观，还曾在文庙拍摄过视频课。我最爱的是文庙的春天。春天里，在崇圣祠前的长椅上小憩一下，欣赏文庙的雕梁与红墙、杏花、梨花、梅花、樱花和早开的丁香。不知名的鸟儿栖落在新绿的松枝上，啾啾而鸣；春风和煦拂来，暗香浮动。

碑志记录文庙为中外人士共同建造

文庙院内有三座石碑：一进院落的无字碑是效仿武则天的无字碑而立的，文庙修建之功留待后人评说。爱国将领张学良撰写的《哈尔滨文庙碑记》，位于二进院落的东南角。碑阳刻有近500字的《碑记》正文，叙述了文庙修建的历史背景及意义。位于二

哈尔滨文庙崇圣祠（组图）

进院落的西南角，有一块碑，上面刻有《东省特别区创建文庙碑志》。据该《碑志》记载，哈尔滨文庙是中外人士、官商共同筹集资金建造的。文庙筹备委员会和工程委员会中有多位外籍人士的名字，在捐款人中也有多个外国商号和外籍人士。拥有不同文化背景的外籍人士，积极参与中华传统文化圣殿建设，也是一段特殊历史时期的佳话。

除祭孔，推广儒家礼乐精神，现在的哈尔滨文庙又增添了新的文化功能。黑龙江省民族博物馆以文庙为馆舍，保护、收藏、研究和展示黑龙江少数民族文化遗产。赫哲族的鱼皮服饰，满族蚕翼绣，鄂温克族的渔猎工具……在大小配殿内，种类繁多的展品讲述着黑土地上丰富多彩的各民族文化不断交融、发展的故事。

春寻百花夏乘绿，秋赏银杏冬观雪。哈尔滨文庙的四时之美，走进了更多人的心里。这里的亭台殿宇、飞檐画壁、雕廊玉砌和孔子立像，集恢宏、大气和雅正于一体，来到这里，就仿佛穿越了时光，与中国文化、黑龙江历史相见欢，跟幸福生活撞了个满怀……

哈尔滨文庙的建筑色彩之美（组图）

03

音乐·啤酒

音乐是哈尔滨这座城市跳动的脉搏，它如同一条无形的珠链，将历史的积淀、文化的底蕴与日常生活的活力紧密串联，构成了这座城市最独特、最动听的语言。

哈尔滨音乐地图
——用音乐导航哈尔滨

音乐,是哈尔滨的关键词,与穿城而过的松江水一同滋养着这座城市,成为这座城市气质中最具神韵的部分。

如果有一张音乐地图,用音乐导航我们"走读"哈尔滨,出发的地点是中央大街,那将是这样的:马迭尔阳台音乐秀—老会堂音乐厅—哈尔滨市格拉祖诺夫音乐艺术学校—哈尔滨音乐公园—哈尔滨音乐厅—哈尔滨音乐博物馆—哈尔滨大剧院—人民音乐家郑律成纪念馆……这样的旅程,会让我们以一种独特而深刻的方式感受哈尔滨的文化脉搏,听到独属于这座城市的美妙旋律。

马迭尔阳台音乐秀

来过哈尔滨的人,一定都会去中央大街,看过马迭尔宾馆。这座见证了哈尔滨百年风云的欧式建筑,雕花的优雅阳台就是马迭尔音乐

阳台上的音乐

马迭尔阳台音乐秀（组图）

秀的舞台。每当夜幕降临，马迭尔宾馆的阳台上便会灯火辉煌，音乐家们身着优雅的西式演出服，手执小提琴、萨克斯、黑管等，宛若穿梭于时光隧道的艺术家，从浪漫的爵士乐到动感的时尚单曲，一首首经典曲目被演绎得淋漓尽致。此时再买一根马迭尔冰棍，慢慢舔着吃，眼、耳、鼻、舌、身、意的美好，可同时拥有。

马迭尔阳台音乐会始于 2008 年，百年建筑与音乐相辉映，音乐与星光彼此交织，给哈尔滨加上了一层唯美的滤镜，成为很多游人心中关于哈尔滨的美妙回忆。

老会堂音乐厅

位于道里区通江街 82 号的老会堂音乐厅，是最典型的哈尔滨气质的建筑，优雅、时尚、国际范儿，带着旖旎风情。无论是百年前，还是今天，这里都是哈尔滨最令人向往的地方之一。老会堂音乐厅史称"哈尔滨犹太总会堂""哈尔滨犹太老会堂"，1909 年 1 月 15 日建成并启用，2013 年 5 月，被国务院批准为"国家级重点保护建筑"。

通江街与中央大街毗邻，老会堂音乐厅与周边的欧式建筑群相得益彰，共同构成这座城市独特的风景线。作为哈尔滨最早的音乐演出场所之一，老会堂音乐厅见证了这座城市音乐文化的兴起与发展。从早期的俄籍音乐家到今天的国际知名乐团，无数经典作品在这里轮番上演，无数青年才俊在这里崭露头角。每年，国内外知名乐团和艺术家纷至沓来，为观众带来一场场视听盛宴，让这座老会堂成为音乐爱好者心中的圣地。音乐厅内，每一束光

老会堂音乐厅的建筑之美（组图）

线都投射出艺术的光芒,让这座城市的旋律穿越时空、响彻世界。

格拉祖诺夫音乐艺术学校

同样位于通江街的哈尔滨市格拉祖诺夫音乐艺术学校(前身为格拉祖诺夫高等音乐学校),是中国最早的音乐学校之一。这所创办于1925年的音乐学校,至今依然发挥着艺术培训的作用。来到通江街上,循着悦耳的音乐旋律,很容易就能找到它。

创办这所学校的是一对犹太人夫妇——丈夫戈里德·施京毕业于圣彼得堡音乐学院小提琴专业,是著名的小提琴演奏家;夫

哈尔滨市格拉祖诺夫音乐艺术学校

人 V. I. 迪龙是一名优秀的钢琴家。他们完全按照圣彼得堡音乐学院的教学大纲教学，很快聚集了一大批音乐教育家，也培养了大批音乐人才。学校特别注重实践和个人基本功的训练，经常排练柴可夫斯基、贝多芬、莫扎特等音乐家的作品，并到商务俱乐部、铁路俱乐部演出。1936年学校停办后，大部分教师及毕业生去往上海发展，壮大了当时"上海音专"的力量。

2014年，哈尔滨文化旅游集团有限公司在原址重新创办哈尔滨市格拉祖诺夫音乐艺术学校。

2025年，哈尔滨市格拉祖诺夫音乐艺术学校将迎来百岁生日。即将走过百年的它，依然年轻。每到傍晚，就是格拉祖诺夫的"阳台音乐会"时间，独唱、独奏、二重奏等动人的音乐就会从学校的阳台上传出。人行道上，路人围聚倾听，不时响起阵阵掌声……

哈尔滨音乐公园

哈尔滨音乐公园是这座城市音乐地图上的重要一站，这里以松花江为舞台，以音乐为语言，讲述着哈尔滨与音乐的不解之缘。

公园的整体设计与哈尔滨的老建筑风格同频，又巧妙地将音乐元素融入其中，露天音乐剧场、音乐喷泉广场、乐器雕塑、绿植音符等，每一处都以音乐为灵感，营造出独特的艺术氛围。气势宏伟的巴洛克式音乐长廊是一定要去漫步的，长廊内展示的是"哈尔滨之夏音乐会"的史料。漫步其中，仿佛穿梭于时空隧道，每一步都踏在历史的音符之上。

哈尔滨音乐公园
（组图）

巴洛克风格的哈尔滨音乐公园

哈尔滨音乐厅（组图）

2024年开年,在哈尔滨音乐公园的音乐长廊的两个钟楼中间,一个戴着红色帽子、红色围巾的憨厚可爱的"大雪人"吸引了全网的目光,很多游客以大雪人为背景打卡拍照,全国各地的人们从这里认识哈尔滨。

哈尔滨音乐厅

很多网友都分享过去哈尔滨音乐厅欣赏音乐会的感受,那种极致的视听享受,让人久久难以忘怀。我曾在哈尔滨音乐厅欣赏过京剧名家于魁智、李胜素的演出,真是绕梁之音。音乐厅内,每个细节都经过精心考量,从座椅的材质到灯光的布局,无不体现出对艺术品质的追求。特别是其卓越的声学设计,能让每一个音符都在这里得到完美的呈现,真正让每一位听众都能拥有"洋洋乎盈耳哉"的美妙感受。

位于道里区群力大道1号的哈尔滨音乐厅,其建筑本身就是哈尔滨风景的一部分,最适合晚上欣赏。音乐厅整体造型采用"浮游冰晶"的设计,在夜空的映衬下,犹如一颗璀璨的钻石,在哈尔滨这座"音乐之城"闪耀。

哈尔滨音乐博物馆

拥有一座专门的音乐博物馆,在世界许多城市里并不常见。哈尔滨却拥有一座专门的音乐博物馆,谱写着哈尔滨的音乐史诗。

哈尔滨音乐博物馆紧挨着哈尔滨大剧院,与草长莺飞的湿地

03 音乐·啤酒

哈尔滨音乐厅前的雕塑

哈尔滨音乐博物馆

只有一路之隔。走进博物馆，首先映入眼帘的是联合国授予哈尔滨"音乐之城"的牌匾。哈尔滨是全球第六座被联合国授予"音乐之城"称号的城市，也是亚洲唯一的一座。馆内展出了千余件反映哈尔滨音乐艺术不同历史时期发展轨迹的特色展品。西方乐器与中国民族乐器融合展出，东西方文化的不同旋律在这里和谐奏鸣，讲述着开放、多元、包容、优雅的哈尔滨城市故事。

哈尔滨大剧院

坐落于松花江北岸的哈尔滨大剧院，是哈尔滨的新地标，与太阳岛风景区隔水相望，外形设计如行云流水般顺畅自然，与周围的湿地景观浑然一体。2016年2月，哈尔滨大剧院被 *ArchDaily*（《建筑日报》）评选为"2015年世界最佳建筑"之"最佳文化类建筑"，其独特洁白的建筑外观吸引无数人来此打卡。

美国有线电视新闻网（CNN）评价大剧院，"这是中国最美的建筑，甚至超越了悉尼歌剧院"。世界建筑新闻奖（WAN）"2016最佳表演空间奖"颁奖词这样赞誉大剧院："这座与自然紧密联系的哈尔滨新文化地标，同时亦出色地表现了对人与建筑的互动与参与的注重。"

2017年1月，大剧院被英国《电讯报》评为"世界最佳音乐厅"。在这里，人们既可以欣赏高雅的歌剧演出，也能在不同功能厅体验交响乐、芭蕾、话剧等。剧场的设计采用了将自然光引入剧场的方式，丰富了非演出时段的照明方式，创造了节能环保新模式，获得第十四届"中国土木工程詹天佑奖"。

天人合一的哈尔滨大剧院(组图)

人民音乐家郑律成纪念馆

人民音乐家郑律成纪念馆新馆位于道里区安升街 85 号。郑律成是中国杰出的作曲家、人民音乐家，被誉为"军歌之父"，2009 年 9 月被评为"100 位为新中国成立作出突出贡献的英雄模范人物"。郑律成的军歌系列作品有《延安颂》《中国人民解放军军歌》《八路军军歌》《八路军进行曲》等。

在抗日救亡运动中，郑律成以音乐为武器，鼓舞人民的斗志；延安时期是郑律成音乐创作的黄金时期，展馆内复原了《延安颂》产生的时代场景，带领观众穿越回那个激情燃烧的岁月；他创作的《中国人民解放军军歌》展现了音乐在庆祝胜利、凝聚人心方面的作用。

人民音乐家郑律成纪念馆，不仅让参观者能够近距离接触历史，会激发人们对音乐和社会责任的深刻思考。

音乐，是哈尔滨这座城市跳动的脉搏，它如同一条无形的珠链，将历史的积淀、文化的底蕴与日常生活的活力紧密串联，构成了这座城市最独特、最动听的语言。2023 年 7 月 27 日，哈尔滨市十六届人大常委会第十一次会议审议通过《哈尔滨市人民代表大会常务委员会关于设立"哈尔滨音乐日"的决定》，确定了每年的 8 月 6 日为哈尔滨音乐日，成为我国首个为音乐设立法定节日的省会城市。哈尔滨的音乐地图还将继续开疆拓土，音乐的触角将进一步延伸至城市的每一个角落，让这座城市的每一天，成为一场永不落幕的音乐盛宴。

03　音乐·啤酒

人民音乐家郑律成纪念馆（组图）

哈尔滨音乐博物馆
—— 一座城市的音乐史诗

在哈尔滨这座充满欧陆风情的城市中，有一处特别的地方，静静地收藏着这座城市与音乐故事的点点滴滴——哈尔滨音乐博物馆。这里，不仅是音符跳跃的殿堂，更是历史的见证者。从黑龙江少数民族音乐的质朴与多情，到俄罗斯古典乐的华丽与悠扬，从爵士乐的自由与奔放，再到现代音乐的创新与融合，每一段旋律都记录着哈尔滨的变迁与成长。步入博物馆，仿佛穿越时空，与那些曾经在哈尔滨奏响的乐章相遇，感受音乐与城市故事的美妙交响。

Music City-Harbin, China
（音乐之城——中国的哈尔滨）

走进哈尔滨音乐博物馆，首先映入眼帘的是联合国社会事务部授予哈尔滨的"音乐之城"牌匾。

维也纳时间 2010 年 6 月 22 日 20 时 30 分，哈尔滨市文化和新闻出版局局长杨晓萍从联合国副秘书长沙祖康手中接过联合国授予哈尔滨的"Music City-Harbin, China"牌匾。沙祖康在接受记者采访时说，之所以授予中国哈尔滨为"Music City"，是因为哈尔滨这座城市具有百年的音乐传承历史,音乐是哈尔滨这座城市的固化品牌。

联合国先后授予奥地利维也纳、意大利博洛尼亚、西班牙塞维利亚、英国格拉斯哥、比利时根特以及中国哈尔滨为"音乐之城"的荣誉称号。哈尔滨是世界上第 6 个获得此称号的城市,也是亚洲唯一的一座城市。

在音乐博物馆,翻看哈尔滨的音乐"相簿",就如同打开了一扇通往历史的窗,一幕幕辉煌的音乐篇章跃然纸上:

"1908 年 4 月,俄国远东外阿穆尔铁道兵旅团第二营管弦乐团首次在哈尔滨演出交响音乐会,演奏了柴可夫斯基的《1812 序

维也纳时间 2010 年 6 月 22 日 20 时 30 分,
联合国授予哈尔滨的"Music City–Harbin, China"牌匾

曲》等经典音乐作品",拉开了中国历史上第一场交响乐音乐会的序幕。音乐博物馆里的这段简短介绍,足以让人热血沸腾。这支乐团后来被改编为中国第一支交响乐团——中东铁路俱乐部交响乐团,即以俄国侨民为主组成的乐团,就是今天哈尔滨交响乐团的前身。

从1921年开始,哈尔滨创办了中国第一批西洋音乐学校——哈尔滨第一音乐学校、格拉祖诺夫高等音乐学校(今哈尔滨市格拉祖诺夫音乐艺术学校)、哈尔滨音乐专科学校等30余所。来自俄国、法国、意大利、德国的音乐教育家云集哈尔滨,他们培养了大批优秀的音乐人才。

1961年,首届"哈尔滨之夏"音乐会成功举办,成为哈尔滨音乐文化传承发展的重要里程碑。这场为期11天、700余名艺术家参演的音乐盛宴,不仅展示了哈尔滨深厚的音乐底蕴,更向世界展示了中国音乐的魅力与活力。

还有中国首座音乐雕塑公园、中国首家音乐博物馆……音乐,是流淌在哈尔滨血液中的传统,也是哈尔滨这座城市的文化符号,跳动的音符散落在这座城市的大街小巷。

张权与哈尔滨之夏音乐会

哈尔滨之夏音乐会的来历,有一个不寻常的故事。我从许多资料中见到了这个故事的记录,其中作家阿成的记述最为生动、感人。

1960年冬,当时被划为"右派"的著名花腔女高音歌唱家张权,从北京"下放"到黑龙江。火车缓缓驶入哈尔滨时,"张权女士将脸贴在布满冰霜的车窗上,战战兢兢地看着这座被冷风和冰雪弥漫着的城市"(阿成《风流倜傥的哈尔滨》)。张权的内心充满忐忑、忧虑。但是,列车停在哈尔滨后,负责接待她的工作人员不仅没有横眉冷对,还为她送上了热牛奶和面包,这是物资匮乏时期的最高礼遇。热爱音乐的哈尔滨人没有让这位才华横溢的歌唱家葬送职业生涯,而是给了她一份新的身份——黑龙江歌舞团歌唱演员,这让张权深受鼓舞,哈尔滨让她的音乐生命复苏了。当丁香花吐露芬芳的时候,张权正式登上了哈尔滨的舞台。她精湛的演唱技艺令哈尔滨观众为之倾倒。从那场演出后,张权无论走到哪里,都会有一些不认识的人跟她打招呼、问好。阿成老师写道:"张权女士的灵魂完全被这座音乐之城的市民征服了。"

在哈尔滨生活期间,张权常常陶醉于路上随处可听到的提琴、钢琴、黑管等乐器奏出的优美旋律。太阳岛上,游人在手风琴和吉他的伴奏下放声歌唱,更让她感到了一种无可名状的温馨与美好。对哈尔滨这座城市的历史渊源,张权逐渐有了更多了解。她想,国外有"维也纳音乐节""布拉格之春",为什么哈尔滨这座音乐城就不能有个"哈尔滨之夏"音乐节呢?她写信给哈尔滨市委,建议举办城市音乐会。

张权的想法很快被市政府领导采纳。首届"哈尔滨之夏"音乐会于1961年7月5日在哈尔滨青年宫正式拉开帷幕。音乐会历时11天,喜欢音乐的哈尔滨人就像过年一样快乐。《哈尔滨日报》的一篇报道,记录了"哈夏"节目单收藏家王玉利参加第一

第一届"哈尔滨之夏"音乐会于 1961 年 7 月 5 日在哈尔滨青年宫开幕

著名歌唱家金浪在"哈尔滨之夏"音乐会演出

届"哈尔滨之夏"音乐会的回忆,"为了攒下几角一张的门票钱,我当天只吃了一顿饭,还有的人干脆把买面包、烧饼的钱省下来去听音乐会"。音乐会大获成功,享誉全国。后来每年连续举办,《乌苏里船歌》《新货郎》《太阳岛上》《我爱你,塞北的雪》,这些家喻户晓的歌曲,都是在"哈尔滨之夏"音乐会走进听众心里的。

张权后来成为全国政协委员。我在哈尔滨政协文史馆内,看到了第一届"哈尔滨之夏"音乐会的活动方案,还看到了张权撰写的文章《我的第一份提案惊动周总理》,是关于成立哈尔滨歌剧院的建议。1962年7月,哈尔滨歌剧院就在友谊路94号成立了。哈尔滨音乐博物馆所收录的哈尔滨音乐人的故事有很多,但只有张权,是一个人一面墙,集中展示她一生的音乐道路。就在她到达哈尔滨后的第一个夏天,"哈尔滨之夏"音乐会诞生了;第二个夏天,有了哈尔滨歌剧院。哈尔滨的音乐新篇章开始了!

哈尔滨奏响中国红色音符主旋律

哈尔滨音乐博物馆内,最令我感动的是见到了很多振奋人心的音乐史料,这些史料告诉我们,哈尔滨是中国第一个奏响红色主旋律的地方。

1920年,瞿秋白以北京《晨报》、上海《时事新报》特约通讯员的身份赴莫斯科采访。因苏俄内战,铁路遭到破坏,瞿秋白在哈尔滨滞留了50多天,下榻在道里区地段街一家叫"福顺"的客栈。他在为《时事新报》撰写的通讯《哈尔滨之劳工大学》中这样记载:"据云哈埠共产党(指布尔什维克)虽仅二百人,而自

音乐博物馆内,张权生平展墙(部分)

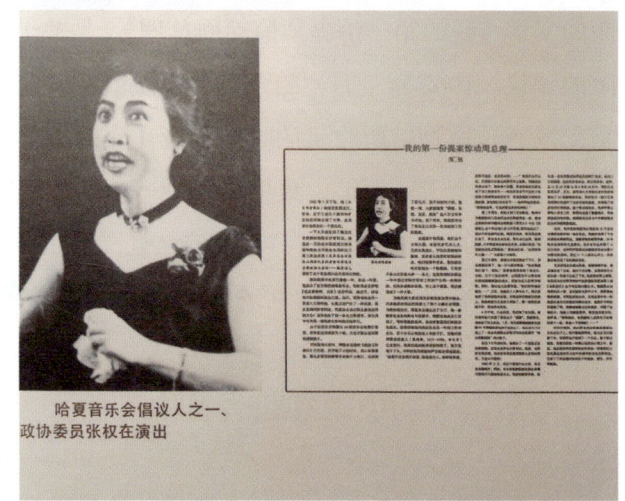

滨之夏音乐会倡议人之一张权及她的第一份政协提案(回忆录)

1979,哈尔滨之夏音乐会,张权演出照片

哈埠至满洲里中东路沿线，工人有十二万，对共产主义颇有信仰。"同年 11 月的一个夜晚，受一位俄国友人之邀，瞿秋白参加了在哈俄国人举办的十月革命三周年庆祝大会，他在《饿乡纪程》中记述了参加这次纪念活动的见闻："看坛下挤满的人，宣布开会时大家都高呼'万岁'，哄然起立唱《国际歌》（International），声调雄壮得很——这是我第一次听见《国际歌》……" 1923 年 6 月 15 日，《新青年》创刊号发表了瞿秋白翻译的《国际歌》。

1935 年 4 月 1 日创立的哈尔滨口琴社，是在中共地下党的领导下成立的民间音乐组织。口琴社团集结爱国青年，用音乐开展抗日救亡运动。他们演出的口琴合奏曲《沈阳月》（王佩伦、张季让曲）以"九一八"之夜为创作背景，揭露并控诉了日军的残暴罪行。口琴社的演出在社会上引起强烈反响，1937 年 4 月 18 日，日伪当局大肆搜捕口琴社成员。哈尔滨音乐博物馆内，我看到了口琴社成员的合照，在他们年轻的面庞上，能看到与音乐同在、与信仰同在的快乐。口琴队队长侯小古，是一个阳光、帅气的大男孩，在被日伪警察厅抓捕后，同年 9 月在哈尔滨太平桥圈河英勇就义，年仅 24 岁。

《黄河大合唱》的演出，也是音乐博物馆的特别介绍。1946 年 6 月 30 日，对于哈尔滨这座城市来说，是非常有意义的一天，因为在这一天，哈尔滨道里大光明电影院，迎来了《黄河大合唱》在哈尔滨的公演。这是《黄河大合唱》于 1939 年诞生之后首次在大城市演出，并且是有 500 多人的合唱团参演。应哈尔滨观众强烈要求，《黄河大合唱》之后在哈尔滨连续公演。

侯小古烈士遗照

哈尔滨口琴社合照

音乐博物馆内还展示鲁迅艺术学院①1946—1953年在哈尔滨和黑龙江其他地区演出的珍贵照片。艰苦的演出环境，简陋的演出服，却能看到他们用歌声唱出的对新中国未来的期待与祝福。

一座博物院就是一所学校，哈尔滨音乐博物馆用1500多件展品，抒写了"音乐之城"哈尔滨的音乐史诗。对哈尔滨人而言，音乐不仅仅是一种艺术形式，而且是深深植根于这座城市血脉之中的文化基因，它不仅塑造了这座城市独特的文化气质，更成为哈尔滨人面对生活挑战时那份坚韧与乐观的源泉。

---

① 1938年，鲁迅艺术学院在延安成立，是抗日战争时期成立的培养革命文艺干部学校，简称"鲁艺"。解放战争时期，延安鲁艺迁往东北，成立了东北鲁迅文艺学院。

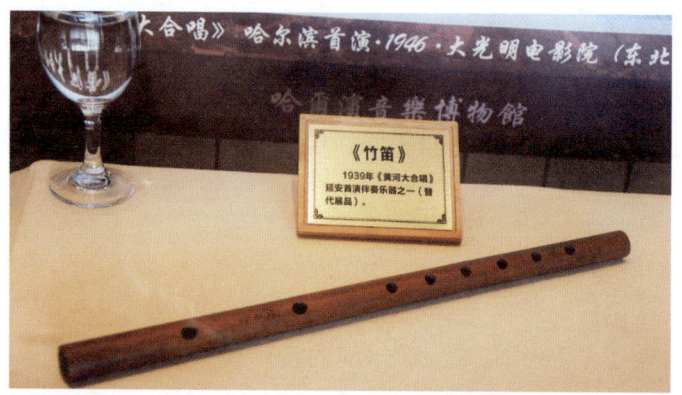

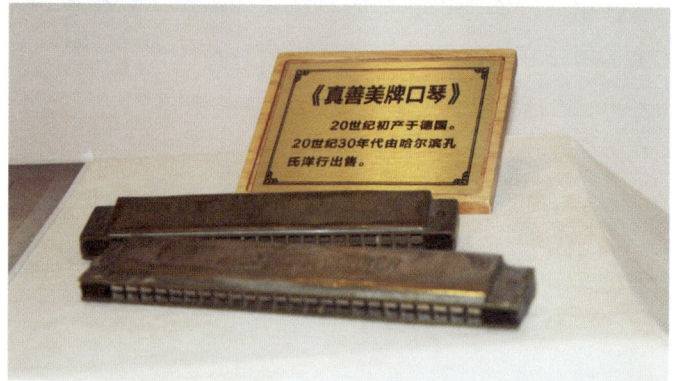

1939年,《黄河大合唱》延安首演时所用乐器(组图)

03 音乐·啤酒

这把小提琴于 19 世纪末产于法国,为东北"鲁艺"音乐工作团使用乐器,后为著名音乐家傅庚辰使用。2020 年 8 月,傅庚辰将这把跟随他 70 余年的小提琴捐献给家乡的哈尔滨音乐博物馆

哈尔滨大剧院：
湿地、交响乐和格桑花

哈尔滨大剧院是哈尔滨人的后花园。这里不仅常常上演世界级的歌舞剧、音乐会，大剧院旁的湿地公园，碧波漪漪，蒹葭采采，野鸭与水鸟齐飞，荷花与水草兼美，还会偶遇牛蛙轰鸣，小松鼠闲逛。一条木栈道绕湿地蜿蜒成圈，我特别喜欢去那里散步。大剧院斜对面的江畔，秋季格桑花海美得令人炫目，每一株格桑花都和我身高差不多，还有好多比我更高的。走进花海，沉醉其中，东拍拍、西看看，一会儿就找不到回去的路了，只能看见蓝天白云和格桑花。江边风大，大剧院前的广场特别适合放风筝。我手机里至今仍保存着2018年10月，和孩子一起在大剧院旁玩时拍的视频，一个小哥，把风筝放成了遥控飞机的即视感，神乎其技！

因为大剧院的存在，哈尔滨人便多了一个诗意的栖居地。

大剧院,好似神笔马良为哈尔滨这座城市点睛的那一笔。

这一笔,我想就是音符中的"1",有了这个"1",哈尔滨这座城市就被无限可能的优美旋律包围了

大剧院的时光画卷

哈尔滨大剧院前的湿地公园,全称是哈尔滨文化中心湿地公园。这个名称辨识度不高,远不如大剧院湿地公园响亮。这里以前是原生态的湿地,人迹罕至。经过科学系统的改造,修建了人行亲水栈道和休憩场所,演变成开放型城市公园,共有 6 千米栈道、13 个休憩平台。湿地的外围,是绿意盎然的草地和生机勃勃的白杨树林,仿佛是一排绿色的屏障,保护着这片湿地。

在湿地公园,你会看见蓝天掉在水里,流水又会奔向蓝天。

我喜欢夏天的清晨在这里看荷花:荷花太美,每一株都是绝色佳人,娉婷而立。到荷花池,方知"流连花丛"一词蕴含的无限风光。野鸭子时而扑棱棱地飞向芦苇的深处,时而钻进水里捉鱼,只在水面留下一圈一圈的涟漪;时而三五成群地游弋,列队向游人行注目礼。那一刻,世界很安静,让我有一种置身世外桃源的陶醉。

我喜欢在秋天的黄昏去拍摄夕阳中的哈尔滨大剧院,即使不会拍照的我,也随手即拾大片。落霞孤鹜,秋水长天,清风美日,蒲苇并

03　音乐·啤酒

大剧院湿地

湿地的秋日蒹葭（组图）

茂，有凫有雁。声声雁鸣吸引了我的镜头，追拍下来，叹服于它们每一转弯的阵型变化。

冬天和春天，我也常常去大剧院散步，在心里记下野草在雪地里的萎黄、春风中的青翠，静待草长莺飞的到来；更会仔细观察冰冻的水面拥抱阳光的努力，拼尽全身的力量，制造一场声势浩荡的解冻，重新在春天欢唱。

沿湿地的木栈道走一周，大约40分钟，4500步左右。更神奇的是，在木栈道走路，不仅不会累，还能明显感到身体里力量在增长。

从湿地公园遥看哈尔滨大剧院

大自然与人的关系很奇妙。这一片小小的湿地，我常常来，却总觉得看不够。一花一世界，四时皆不同，这小小的湿地就是三千大千世界。

那些镌刻我心的舞台瞬间

我因为太爱大剧院的湿地，以至于常常"买椟还珠"，忘记了这里的主题词是大剧院，只是在拍照的时候把大剧院当作背景板。

哈尔滨大剧院可是十分了得的，曾被评选为"世界最佳音乐厅"和"2015年世界最佳建筑"之"最佳文化类建筑"。这座造型颇具未来感的建筑，是著名建筑设计师马岩松的作品。他以自由、灵动的松花江为设计灵感，包括一大一小两个剧院和一个大型公共广场，却没有给人以视觉压迫感，反而觉得大剧院的建筑形体是周遭环境的延伸。设计师是以自然的韵律，消解了大剧院的体积感。大剧院的整个造型如同从冰雪中破冰而出的丝带，又如同连绵起伏的雪山，其线条与周遭的湿地和谐顺接。

哈尔滨大剧院最出圈的照片就是科幻感十足的夜景照，随着2023年冬季哈尔滨旅游的大火，无数职业摄影师前来打卡。

哈尔滨是音乐之城，大剧院常常上演的一些高水准演出，成为哈尔滨人的精神盛宴。我还记得2016年11月19日，在大剧院听到的马常胜古琴吟唱音乐会。古琴演奏，我听过好多。绝大多数人都是用古琴来修养自己，希望古琴给予自己。马常胜则不是。他的心灵能够给予古琴，尤其是他边弹边唱的曲目，本身就是自然天籁。古琴和别的乐器不一样，每一张琴，都是一个生命体，有着自己独特的话语体系。所以马常胜演奏不同的曲目，会换不同的琴来表达。他的古琴吟唱给我的启示是：吟诗，是发自灵魂深处的欢喜！当然，这欢喜是建立在娴熟的技巧之上并突破技巧。

2017年4月1日，哈尔滨大剧院开幕一周年时举办的《但愿人长久——中国唐宋名篇音乐朗诵会》让我印象深刻，乔榛、肖雄、濮存昕、凯丽等艺术家在交响乐团的伴奏下，朗诵《陋室铭》《爱莲说》《蜀道难》《琵琶行》《将进酒》等中国唐宋时期最有代表性的诗词文赋，以最现代的方式演绎最古典的精粹，带领观众一同倾听唐宋音韵，邂逅千古圣贤。时年88岁的指挥家郑小瑛带领交响乐团为朗诵会伴奏，郑小瑛老师举手投足间的潇洒，我到今天都深深记得。

2018年11月10日，我到大剧院欣赏过已经上演60年的越剧经典《红楼梦》，虽然剧情的每一个细节、剧中的每一个人物我都熟稔于心，却依然会跟着那优美如飞鸟滑行一般的唱腔落泪。

最令我震撼的一次演出，我记得是欣赏一个意大利合唱团的表演。演员高矮胖瘦一点儿不齐的一个合唱团体，演员美丑更是不一，甚至服装也没有刻意统一，就是黑色的裙装或套装，穿什么款式的都有。我心里甚至想，这难道是一个意大利"草台班子"？但是他们一开口就不同凡响。当乐队演奏的清脆音符如流珠般倾泻出来时，合唱团的天籁与优雅动人的旋律交汇共融。我们这些听众，在与演员完全语言不通的情况下，深陷于他们的表

带上一本书，去哈尔滨

夜色中的哈尔滨大剧院（组图）

达,演出到最后,全场起立,手之舞之,足之蹈之。

格桑花海的秋之沉醉

每年秋天,是大剧院最美的时节。蒹葭苍苍,重现《诗经》里的经典场面。在大剧院斜对面的格桑花海,无比浓烈又热情地绽放,以十里繁花送秋风。

这是哈尔滨人对秋天的态度。北方的秋凉得早有什么关系,秋天的美丽就看你懂不懂。

格桑花好高啊,同行的朋友找我时甚至要喊:"冬颖,你在哪儿呢?"

"我在拍格桑花!"

顺便科普一下,这格桑花,我小时候,就叫"扫帚梅",路边哪儿哪儿都有,不当回事儿的。现在叫"格桑花"了,连成片种,就觉得美得高级和震撼了。可见名字无论对人还是花都是很关键的,不能随便叫什么"狗剩子""多余""扫帚梅"。

陷入格桑花海中,以花为近景,大剧院为远景,拍一张照片,留下哈尔滨秋天的美。人与自然相亲的这一刻,笑容是挂在脸上的,我不由得慨叹:浮生有此处,一点小确幸。

哈尔滨大剧院,犹如神笔一点,为哈尔滨城市画卷添上了灵动的音符"1"。这"1"不仅是音乐的起始,更赋予哈尔滨无限优美旋律的可能。大剧院的落成,如同一首宏大的序曲,引领着这座城市步入艺术的新篇章。

哈尔滨大剧院也是一首关于四季的散文诗，能让我们深刻地感受大自然的生机万变，人与自然的和谐相处。这是一种辽阔的宁静、一种深厚的安详，更是一种原生态的诗意文化。

来哈尔滨，一定要到哈尔滨的这个后花园走一走。

记录下你旅行中收集的关于哈尔滨的美句吧。

举杯邀世界，
醉美哈尔滨

浪花、丁香花和啤酒花，是哈尔滨的"三大名花"。

丁香是哈尔滨的市花，每到五月，整座城市就成了丁香花海。在松花江畔信步，满目皆是滔滔江水和淡紫色的丁香，馥郁的香氛扑满怀，令人忍不住驻足，更想在江堤上坐坐。买杯大扎啤，啤酒的麦香，丁香的花香，松花江的润泽水汽，立刻将你包围，一时坐拥哈尔滨三大名花。

浪花和丁香花是有节令的，松花江每年封冻5个多月，丁香花只在5月开放，唯有啤酒花，随时随地都开放在哈尔滨的大街小巷：路边摊的撸串、大饭店的觥筹交错、家人的晚餐桌，都能看到这朵啤酒花。

哈尔滨人不酗酒，却好这口儿，有了这朵啤酒花，生活的幸福感和乐趣，那是成倍地增长。

百岁芳龄的啤酒花

哈尔滨的啤酒花有着历史沉淀的馥郁之香。中国第一家啤酒厂于1900年诞生于哈尔滨（三年后才有青岛的德国啤酒厂），由俄国商人乌卢布列夫斯基创立。这家位于哈尔滨市香坊区油坊街哈尔滨人不酗酒,却好这口儿。
有了这朵啤酒花,生活的幸福感和乐趣,那是成倍地增长

20号的啤酒厂，不仅见证了中国历史，也是哈尔滨这座中西合璧城市的文化印记。

中国老百姓刚开始尝到啤酒的味道，都称之为"马尿"，咧着嘴敬而远之。但很快，人们就接受并喜欢上了这个味道，也喜欢啤酒带来的生活的调调。那是一种自在的、放松的、惬意的、打开的状态。啤酒的度数不高，可以敞开了喝，酣畅淋漓，也很难醉倒人。在敞开喝的过程中，人却是保持愉快的、自由的感觉。

在哈尔滨啤酒博物馆里，糖化锅、灌装机等百年前的啤酒制造设备，言说着曾经的时尚生活。高科技和多媒体互动装置还原了哈尔滨的啤酒酿造历史，在光影的艺术中，啤酒花的故事更加神奇。寻着啤酒花的味道，似乎能一步穿越到百年前的中央大街，那时和今天，杯中的啤酒都在快乐地舒展着色、香、味和美。

哈尔滨啤酒的历史，如同一部浓缩的中国近现代史。在哈尔滨这片土地上，它记录了中俄文化的交融，工业文明的兴起，战争与和平的更替，以及新中国的繁荣与富强。啤酒，不仅是历史的见证者，也承载着一代又一代哈尔滨人的集体记忆。

哈尔滨国际啤酒节

迟子建的小说《烟火漫卷》中这样写道："哈尔滨的市民夏天若没去趟啤酒节，喝顿洋溢着热情泡沫的啤酒，会觉得这个暑天就是泡沫，白白过了。"

1988年夏，哈尔滨啤酒节和首届国际啤酒博览会同时问世。到2002年，作为"迷人的哈尔滨之夏"城市旅游品牌之一，哈尔

2024 年，哈尔滨国际啤酒节的 5 日鲜啤

2024年，哈尔滨国际啤酒节夜景（组图）

滨啤酒节又升级为哈尔滨国际啤酒节。每年 7 月,就是"哈啤"(HAPPY)的时间。

举杯邀世界,醉美哈尔滨!

这是 2024 年第二十二届中国·哈尔滨国际啤酒节的主题,真是"豪"得可爱!

啤酒节的场地,就是冬天时的冰雪大世界。

哈尔滨四季分明,神奇的自然之手将这里的冬天打造成冰雪梦幻乐园,这里的夏天变成哈尔滨人热情、热闹的餐桌,啤酒倒满酒杯,诚邀全世界各地的朋友来做客。

园区的设计师应该是一个深谙时间法则的智者!

进来啤酒节大门,首先映入眼帘的是上一个冬天火遍全网的大雪人"温暖雪宝儿"。

炎炎夏日,"温暖雪宝儿"戴着红帽子、红围巾、红手套,憨憨地看着每一个进园的游客,似乎在说:冬天一定再来啊,咱们一起玩!

啤酒节的热闹和美好,很难用语言来表述,你来了就知道了。

那是人生所有热望、热情、热烈、热爱的凝聚。啥也不用说,都在酒里,喝一杯,啥都有!

我最感兴趣的是家庭自酿啤酒。哈尔滨现在有很多啤酒发烧友,在家自己酿啤酒。各种设备弄上,在家里想喝啥口味,就自己酿造什么口味,粉碎麦芽、糖化—过滤—大锅煮沸—发酵,再经过 28 天的奇妙等待,就能喝到自己亲手酿的啤酒了。那个 FEEL(感觉),真是倍儿爽!

2024年,哈尔滨国际啤酒节上的大雪花摩天轮

2024,哈尔滨国际啤酒节上的"温暖雪宝儿"

冰镇啤酒对瓶吹

中国各个城市中啤酒人均消费指数,哈尔滨排第一。

有一个段子说,哈尔滨的男人,最幸福的事,就是撸串儿、喝啤酒,旁边坐一个穿貂儿、还给你扒蒜的老妹儿。

撸串儿和喝啤酒的快慰,大家都懂,有个老妹儿扒蒜是咋回事儿?

穿貂儿,是说女孩子家里条件好,穿着貂儿,很贵气又漂亮;叫老妹儿,是东北男人对喜欢的年轻女孩儿的常见叫法,这样称呼比较亲切,显示出自己大哥的心态与位置,要关照年轻的女孩;扒蒜嘛,哈尔滨男人都好这口儿,撸串儿的时候,吃牙捣蒜,更够味儿。老妹儿给他扒蒜,说明老妹儿知道他的口味儿,还顺着他,跟他的关系很亲密,他吃蒜了也不烦那味儿,还乐意给他扒。这其中的幸福,只有身在其中的,才能妙悟!

啤酒是一年四季的饮料,无论冬夏,哈尔滨的人最喜欢喝的,都是冰镇啤酒。

冰镇啤酒在哈尔滨人心目中,是解放压力、挥别烦恼的法宝。当工作的压力让你喘不过气来时,拿起一杯冰镇啤酒,轻轻抿上一口,烦忧就像被清风吹散一般，立刻无影无踪，只留下一片快乐的海洋。

炎炎夏日，一杯冰镇的啤酒就像是来自极地的救赎，那份冰凉倒在杯中，紧握在手里，冷气从手指传来，顺着胳膊传导，整个身体都被冰凉的愉悦包围。

在哈尔滨，这样一幅画面几乎成了夏日夜晚的标配——朋友围坐，烤串飘香，啤酒冰凉，晚风轻拂。这是哈尔滨人独有的生活方式，也是这座城市烟火气中最动人的一幕。这样的夜晚，是哈尔滨这座城市灵魂的展现。在这里，人与人之间的距离变得很近，生活也更有温度，大家围坐在小桌旁，谈笑风生，分享着彼此的趣事与烦恼。啤酒杯碰撞的声音，仿佛是友情的交响乐，每一次碰杯，都是对这份友谊的肯定与祝福。

来哈尔滨喝啤酒吧，啤酒在这里不仅是一种饮料，更是一种生活态度，哈尔滨有一句名言：

没有什么烦恼和压力是撸串儿和啤酒治不好的。

你来就行了！

2024年哈尔滨国际啤酒节夜景（组图）

04

花儿·城市

每当春天来临,丁香花如期绽放,就如同老朋友的重逢。那份熟悉的香气仿佛在讲述着哈尔滨的往日故事。

五月丁香开：
一朵花读一座城

她是有
丁香一样的颜色，
丁香一样的芬芳，
丁香一样的忧愁，
…………

一看见"丁香"这个词，我们就会想起戴望舒的《雨巷》，想起"一个丁香一样地，结着愁怨的姑娘。"

丁香自古就是愁肠百结的代言。丁香花开四瓣，呈十字结状，仿佛是一个结，系住人的愁思不得解脱，所以又名"百结"；花语是忧愁、思念和爱情。

我臆想，这些古人是没来过我们哈尔滨；他如来过，找过五瓣丁香，就不会这样写了。

丁香，是代言幸福的花朵啊！

每年5月,丁香开满哈尔滨

丁香是哈尔滨人的老朋友

朋友圈里春天的各种花花朵朵,看了一轮又一轮之后,当春天已经不再是五湖四海的朋友们心中的欢喜时,哈尔滨的春天才会到来。

哈尔滨的春天是短暂而热烈的,金黄的连翘花、粉红的桃花,一夜之间就灿遍枝头。雪白的梨花、绚烂的榆叶梅也赶着趟儿紧随其后,那阵势,似乎不把春天的门槛挤破,就不足以渲染春天的热闹。等到丁香花开的时候,人们再见到春花,已不是惊喜,

丁香花开

而是舒展享受美好春天的心情了。

丁香是哈尔滨的市花。每到五月，整座城市就成了丁香花海，香气馥郁。每年桃李盛开后，哈尔滨人就期待着与丁香这位老朋友见面。

是的，与古人的丁香愁绪不同，哈尔滨人看见丁香，就像是与老朋友重逢。因为从19世纪末开始，哈尔滨就开始种植丁香了。

哈尔滨人喜欢丁香由来已久。1906年，兆麟公园就栽植了哈尔滨最早的一批丁香；今天，公园内，几十岁、上百岁的丁香，都生机勃勃地开放着。特别是有一棵超百岁的丁香树，每年开花时节，都是哈尔滨的一项盛事，引无数人来做花下客。除了兆麟公园，和平邨宾馆院里、市政府第一幼儿园、太阳岛公园、古梨园等处，还有很多株百岁丁香，在春天里吐露芬芳。

20世纪30年代，哈尔滨街道两旁就开始栽种丁香当作绿化景观。当时居住在哈尔滨的俄国人喜欢丁香，并在他们住宅的房前屋后栽种。哈尔滨的俄式建筑，以其淡雅的黄色外墙而著称，黄房子和紫丁香，形成了鲜明而和谐的对比。走在这样的街区，仿佛置身于一幅流动的油画之中，每一处转角，每一次驻足，都能捕捉到黄房子与紫丁香交织的美景，这是哈尔滨独有的城市风景。

1988年4月12日，哈尔滨市人民代表大会第二次会议作出了《关于丁香花为哈尔滨市花的决定》。市花是一座城市形象的重要标志，哈尔滨的城市品格，一如丁香花般扎根黑土，经严寒而枝愈繁，又不失热情与浪漫。

校园中的丁香花（组图）

找到五瓣丁香，找到幸福

仔细欣赏过丁香之美的朋友都知道，丁香的花朵是小小的、简单的四瓣，淡淡的紫色，却芳香袭人、纷纭可爱。

因为丁香都是四瓣的，所以，在哈尔滨有一个美丽的传说——找到五瓣丁香就能找到幸福。

我在黑龙江大学校园内，就常能看见驻足丁香树下，手捧着一球丁香，细细分辨，寻找五瓣丁香的人。

每年5月，我都是丁香树下，仰头最久的那个人。

2024年也是奇了，十几天了，但凡路过丁香，我都会驻足，瞪大眼睛，一朵花一朵花地排查。用"排查"这个词来描述我想找到五瓣丁香的心情，真不是夸张！

越想找到什么东西的时候，往往越找不到。大家都经历过吧？

十几天，我一直没找到五瓣丁香。

有朋友看我在丁香树下不断仰头，问我干什么呢？

我说找五瓣丁香啊。

朋友参加进来，也开始找，一会儿就找到了，还找到好几朵，开心得很。

我一朵也没找到，讪讪而去。再找不到，丁香马上就落了，那可会错过一年。

我回到家，在我家楼下继续找。竟在我家小区里，找到两朵五瓣丁香！

幸福竟然就在家跟前儿。这有点儿不刺激，却让2024年的五瓣丁香传说圆满。

带上一本书，去哈尔滨

五瓣丁香（组图）

丁香花开的意义

丁香花开有什么用？

丁香花显然没有想过这个问题，想开就开，该落就落。要是先立意、再布局，写一篇论文思考这个问题，那花没开就累死了。

这是人会偶尔想到的问题：在我们的生活中，有那么多像丁香花一样，看似无用的东西，存在的价值和意义是什么呢？

王阳明曾经说过：

你未看此花时，此花与汝心同归于寂；你来看此花时，则此花颜色一时明白起来，便知此花不在你的心外。

花开的意义，恰如王阳明所说，你看见了花的美，与花在精神上同步，不问为什么，只是绽放出最好的自己，就对了！

每当春天来临，丁香花如期绽放，那份熟悉的香气仿佛在讲述着哈尔滨的过往。丁香花开时，哈尔滨还会举办丁香节，举行丁香图片展、丁香摄影大赛、丁香诗歌创作征集和歌曲创作活动。因为一朵花，大家更爱哈尔滨这座城。

最常见的是，大家不停地在丁香树下拍照，想留下丁香的美。在哈尔滨丁香树下拍照，最美最出图的地方，一处是在丁香公园，听名字就知道是一个丁香的海洋，无论是曲径通幽处，还是宽敞的广场，丁香花都是最美的背景板；一处是在哈尔滨文庙崇圣祠，红墙、黄瓦、紫丁香，与心情美美的你很搭呀！

在忙碌的都市生活中，丁香花的存在给人以安慰和力量，提醒着人们珍惜眼前的美好，感恩生活中的每一份馈赠。

与丁香的不解之缘，让哈尔滨的春天更加迷人，也让这座城市的故事更加丰富多彩。每当丁香花开,哈尔滨便披上一袭淡紫色的华服,这份独特的色彩美学,不仅美化了城市,更丰富了哈尔滨的文化内涵,让每一位到访的旅人,都能在这里找到属于自己的诗意与远方。

将春天的明媚吟成平平仄仄的诗行,闭上眼睛,盈馨香入怀,让古人的丁香愁怨被春风吹远吧,我们一起醉在哈尔滨的丁香花海里。

丁香花开又逢春(组图)

萧红故居的沙果红了

植物在文学作品中,常常是作家的情之所系、志之所托。

作家萧红笔下最具有光彩的植物,就是她和祖父在园子里种下的那些黄瓜、倭瓜、大葱等东北大地上最最普通的蔬果。

这些生命力极其旺盛的植物,象征着东北大地上那些普通民众的生命形态和生存状态,暗含着萧红对生命的点滴欣喜、耿耿隐忧,是《呼兰河传》《生死场》故事的载体。

所以,当我看见呼兰的朋友在朋友圈晒图说:"萧红故居的沙果红了",就好像被一种"文学"的声音召唤,迫不及待地想去体验童年的萧红看见自家园子蓬勃、鲜亮的那种开心。

后花园也是萧红的乐园

花园里边明晃晃的,红的红,绿的绿,新鲜漂亮。

——萧红《祖父的园子》

萧红的文学作品,充满对自然的深情描绘。她的笔下,故乡的每一处景致,花园的每一棵蔬菜,都充满生命与情感,成为她生命底色的一部分,所以她的文字格外感人。

走进萧红故居,仿佛穿越到20世纪初的哈尔滨。青砖灰瓦,

萧红故居的沙果红了，萧红的文学精神，也将如同这永不褪色的红果，永远留在人们的心中……

萧红故居

木制门窗，一切都保留着当年的模样。院子里，沙果树枝繁叶茂，每当果实成熟时，那鲜亮的红色点缀在绿叶之间，格外引人注目。

沙果是北方的常见果树，抗旱又抗寒，生命力非常顽强，果子味道清甜好吃。沙果树都不太高，会让小孩子也觉得努力一下就能爬到树上，便有好果子吃。

我站在沙果树下，想象曾经住在这个院子里的人看着沙果累累、个个红艳诱人的那种心情，也忍不住会心一笑。

每个人的生命中都有这样的开心一刻吧，但也都会有纠结和落寞。

我们今天纪念萧红，来到的"萧红故居"，既是萧红童年与祖父温暖亲情记忆的乐园，也是她长大一定要离开的地方，还是她

萧红故居园内的东北植物（组图）

去世后与她曾有过情缘的萧军、端木蕻良都来追忆她的所在。

萧红故居的后院种着杨树、柳树、樱桃树、榆树,还有一个葡萄架,以及一些东北地区的常见农作物,这是百年前富足的东北乡绅家庭院落。那一片用秫秸搭成屋顶的架子,是萧红和祖父玩躲猫猫时喜欢藏起来的地方。院子中间的榆树下,是祖父教她认字、背诗的地方。一老一少,栽花、种小白菜、拔草、摘黄瓜吃,这是她和祖父的一个乐园。母亲早亡的萧红所感受的最大的温暖,就来自这个后院,来自她亲爱的祖父。

萧红故居后园内的萧红与祖父的塑像

认识萧红，应从故居院落中的黄瓜花开始

认识萧红，如果从她的爱情开始，那会让你彻底糊掉。因为她对待感情的态度，往往为人们所诟病。现在有不少关于萧红生平的音视频和散文，尤其是电影《萧红》和《黄金时代》热映之后，对萧红的解读更是泥沙俱下。很多作品缺少对萧红本人以及历史最基本的尊重，只是一味博眼球赚取关注度，展示她与汪恩甲、陆哲舜、萧军、端木蕻良、骆宾基等几个男人的情感纠葛，还将萧红与鲁迅之间处理成暧昧的关系等。

走近萧红，一定要从萧红故居的黄瓜花开始。

倭瓜愿意爬上架就爬上架，愿意爬上房就爬上房。黄瓜愿意开一个谎花，就开一个谎花，愿意结一个黄瓜，就结一个黄瓜。若都不愿意，就是一个黄瓜也不结，一朵花也不开，也没有人问它似的。

—— 萧红《呼兰河传》

这朵普通的东北黄瓜花活着的态度，也是萧红的人生态度——自在、自主，遵从内心。

萧红的乳名叫荣华，本名张秀环，后改名为张廼莹（一说为张迺莹），笔名有萧红、悄吟、玲玲、田娣等。萧红故居东屋外间的一铺炕，就是 1911 年 6 月 1 日萧红出生的地点，炕上还有一张萧红使用过的炕桌。西屋两间展室，墙上悬挂着萧红生前照片和中外名人参观萧红故居的留影和题词，如萧红研究学者——美国

的葛治文先生、日本的前野淑子女士，瑞士作家赵淑侠女士，以及加拿大作家陈若曦女士等。

萧红生活在中华民族历史上灾难深重、风雨飘摇的时代。她从黑龙江的一个小城呼兰，先后流浪辗转于哈尔滨、北平（北京）、青岛、上海、重庆等地，最后又客逝于香港。萧红始终处在时代"风暴"之中，是一个时代的见证者。这种见证，也保留在她的文字中。作为一个思想锋利的女作家，她的作品又超越了见证，为广大处于水深火热中的东北老百姓代言。

从这一点出发来看萧红，我觉得，写得最好的萧红传记，是叶君的《我本一无所恋》。这个书名出自萧红的长篇组诗《砂粒》中"我本一无所恋，但又觉得到处皆有所恋"一句，这句诗可以看作是对萧红精神世界的高度概括。在她饱受磨难的一生中，曾有过无数次"生无可恋"的绝望念头，但绝望过后还是对生命深切地留恋。

萧红故居正门门楣上悬挂的"萧红故居"横匾，是黑龙江省人民政府原省长陈雷题写的。正房前萧红的汉白玉雕像十分书卷气，这个雕像，还原了萧红心中的向往：她就是一个简简单单，喜欢读书，对生活有很多思考的女孩。萧红故居的后身，是萧红纪念馆，馆内陈列萧红遗物、手稿、书籍等，还有萧军、端木蕻良、舒群、罗烽、白朗、廖敬文等与萧红同时代人创作的怀念萧红的各类作品。每次我都会特别看看萧军和端木蕻良的题词，联想到他们和萧红之间轰轰烈烈的爱情，更是唏嘘不已。我想，他们两人都不真正了解萧红，所以才会有后来的分道扬镳。

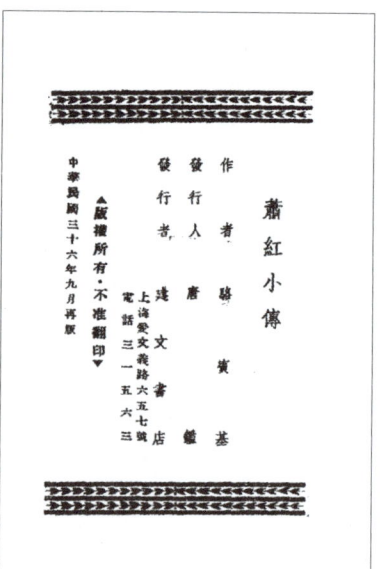

骆宾基《萧红小传》建文书店 1947 年（组图）

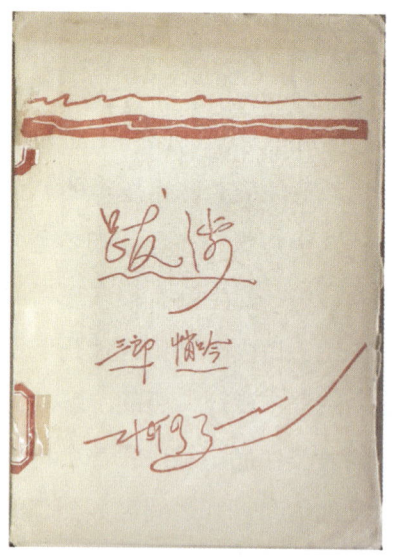

《跋涉》是萧红、萧军共同创作的一本小说、散文、诗歌集，共 11 篇。1933 年 10 月由哈尔滨五画印刷社首次出版，摄于黑龙江大学图书馆（组图）

04 花儿・城市

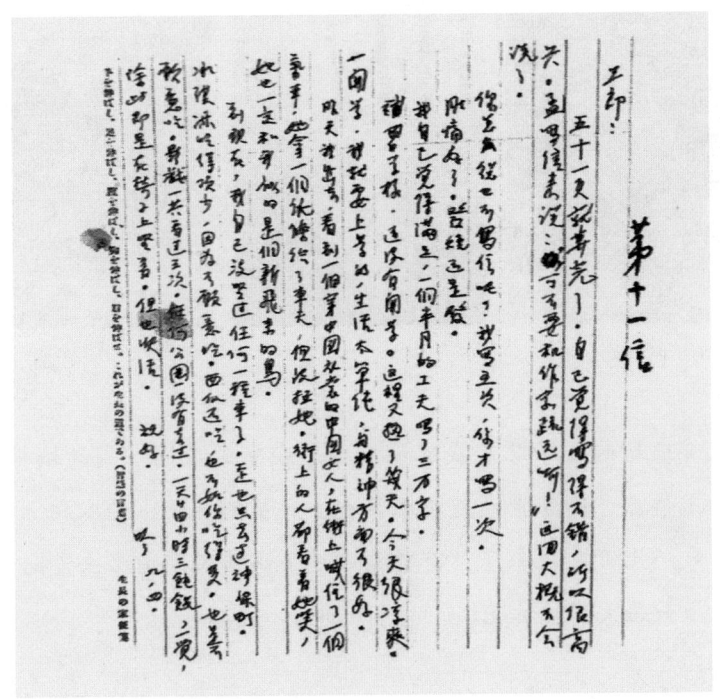

1936年9月4日，萧红写给萧军的信，摄于黑龙江大学博物馆

植物是文学的心灵书写

今天的萧红故居，安静、美好，完全看不出萧红笔下那些逼仄而痛苦的感觉。有几只猫，常年寄居在此，偶尔从游人身边穿过，或是趴在萧红家的桌上、炕上呼呼大睡，引来游人哑然失笑。

我每年都会去萧红故居几次，最喜欢看的，就是萧红故居里那些普普通通的黑土地上的植物。我总是惦记倭瓜是否开花，黄瓜今年开的是不是黄花，因为这是萧红最关心的。

萧红故居里的猫

  那磨坊的窗子临着我家的后园。我家的后园四周的墙根上,都种着倭瓜、西葫芦或是黄瓜等类会爬蔓的植物;倭瓜爬上墙头了,在墙上开起花来了,有的竟越过了高墙爬到街上去,向着大街开了一朵大黄的黄花。

……

  再过几天,一不留心,那黄瓜梗经过了磨坊的窗子,爬上房顶去了。

  后来那黄瓜秧就像它们彼此招呼着似的,成群结队地就都一齐把那磨坊的窗给瞒住了。

——选自《呼兰河传》

  磨坊本是很寂寞的,甚至是有些破败的。可因为有了倭瓜、西葫芦、黄瓜,这里立即鲜活起来。这些爬蔓的植物,随着阳光自由生长,想爬到哪里就爬到哪里。特别是倭瓜,开的花像东北人家吃饭常用的二大碗那么大,金黄金黄的,灿烂的花儿像是太阳落在了家里一样,能把普通的农家院子、房屋照耀得漂漂亮亮

萧红故居园内的谷子

的。再摘几个大大的倭瓜，吃起来甜面甜面的，让人心生欢喜。萧红通过对磨坊外黄瓜、倭瓜的丝蔓成长过程以及它与磨坊的位置关系的描写，表现出磨坊外生命的美好和活力。

这些爬蔓的植物，是萧红童年时最喜欢观察的植物。今天的萧红迷们也喜欢沿着萧红的视角，欣赏萧红故居园内的这些爬蔓的植物。院内有一棵高高的大树，另有一株大葫芦攀缘而上。每年葫芦开花和结了葫芦的日子，故居的工作人员会为它们拍小视频，很多深爱萧红的人也会不断转发，包括我身边的一些朋友，所以我总会看到。

今天站在萧红故居祥和安静的土地上，想起萧红所经历的，真的疼惜！萧红年幼丧母，身边缺少女性长辈的关爱。我忍不住遐想：假如萧红是我的妹妹，或者是我的学生，我会拼尽全力保护她。在她遇见所谓"才子"渣男时、在她生病卧床的时候、在她生下孩子手足无措的时候，一定会切实地帮助她，为她撑腰。她的人生，如果有老母和长姐，一定不会有那么多疼痛，也一定不会英年早逝。

生而为人，喜怒哀乐，万千思绪，种种纠缠，其实也是草木一秋，就像沙果——顽强地生长、绚烂地开花、努力地结果，之后，果子

04 花儿·城市

呼兰河

和叶子都会凋落；落了就落了，也不必伤怀，明年还会有沙果挂在枝头，红艳喜人。

每年夏末，我都会经过呼兰河，去看萧红故居的沙果树果实累累。大家太疼惜这位"文学洛神"。落于地上的沙果，也不忍捡拾起来，只是当作风景，摄于镜头，记在心中。

萧红故居的沙果红了。萧红的文学精神，也将如同这永不褪色的红果，永远留在人们的心中……

松花江、呼兰河、萧红故居是你想象中的样子吗？记录一下你感觉吧。

老道外古梨园：百年梨花白

走啊，到古梨园看梨花去！

每年五一劳动节前后，老哈尔滨人都这样互相招呼着，到老道外古梨园，一起看梨花。

春花如美人，独爱梨花白。在春天的姹紫嫣红里，梨花的洁白素雅让历代文人沉醉不已，留下无数佳作。

唐代丘为的《左掖梨花》言"冷艳全欺雪，余香乍入衣。春风且莫定，吹向玉阶飞"。它描绘了梨花之香，靠近梨花，那袅袅的香气扑入襟怀、浸润衣物，无限美好萦牵于心。宋代黄庭坚的《压沙寺梨花》："压沙寺后千株雪，长乐坊前十里香。寄语春风莫吹尽，夜深留与雪争光。"突出了梨花之白，诗人想对春风说，请不要将梨花吹落，等到夜深人静之时，梨花与白雪彼此争辉，才更加耀眼。元代方回的《梨花》："仙姿白雪皴青霞，月淡春浓意不邪。天上嫦娥人未识，料应清雅似梨花。"摹写了梨花的清雅之姿，作者大胆料想，梨花的风姿，只有天上嫦娥可以比拟。清代彭孙贻笔下的《梨花》："晚风摇白雪，春水浸梨花。影入纱窗里，还疑玉树斜。"视梨花如佳人，傍晚时分，梨花倩影映入了纱窗，引人无限遐想……

与这些诗人笔下的梨花相比，哈尔滨古梨园的梨花之美，更胜一筹！

梨花的盛开与凋谢，正如生命中的起起落落，生生不息。每一朵梨花的绽放，都是对生命的热烈庆祝，短暂，却绚烂无比

花海深处，是老百姓的乐园

我是在黑龙江共青团的视频号上，从航拍视频中看到哈尔滨古梨园的梨花开放了，真是叹为观止！

远望去，一株大树犹如一把撑开的巨型绿伞；随着镜头的拉近，只见繁花压枝，累累若皑皑白雪；镜头之后不断聚焦到一枝树枝、一朵花上，洁白的花朵纤尘不染，有仙人之姿，正是梨花！只见树旁游人如织，热闹非凡。有几万人为视频点赞，留言也有上万条。在那些琐碎而又动人的留言中，可见这棵梨树与哈尔滨人的情感链接。

2024年5月1日的清晨，我起了个大早，六点钟就到了位于道外区宏伟路的古梨园。只见旁边的早市人头攒动，很多晨练的人已经开始从公园往外走了。我不禁笑着对同行的朋友说："原来有这么多比我们更早来古梨树打卡的人！"

我是从北门走进古梨园的，一路丁香盛开，映衬得一段仿古的影壁也生色、生香。

我都舍不得一树树地看花，觉得那样太粗略了，想一朵一朵地看，不愿错过每一朵花盛开的努力。我这样认真地看花，一下子就找到了象征幸福的五瓣丁香。

最有趣的是，丁香深处有位大爷！丁香花丛中，一群正在下棋的老年人，占据了花丛中的石桌石凳，有下棋的，有观棋的，有边伸展四肢看热闹的，看来他们早已在丁香花丛中鏖战许久了。

穿过览翠庭，走过寻奇桥。蓝天白云下，一路看花，心情大好。

04 花儿·城市

古梨园影壁

古梨园五瓣丁香

丁香丛深处下棋的大爷们

揽翠庭

寻奇桥

梨苑牌楼

信步到梨苑的牌楼。我正抬手拍照,听见有人喊我名字:

冬颖,你也过来了?

原来是我们家的好朋友,一对夫妇。他们带着老母亲,也来看梨树了。

我们拉着家常,知道老人 86 岁了,身体硬朗,还常常自己坐公交车到江沿溜达。五一劳动节假期,两口子特意陪老母亲出来转转古梨园,从长寿的梨树身上沾点儿长寿吉祥的福气。

张作霖手植的老梨树

过了牌楼,就是航拍视频中的古梨树,树高达 12 米,枝繁叶茂,树冠的半径就有成年人的十步长,繁花累累压枝,淡淡的香气在空气中弥漫着。在微风的吹拂下,梨花轻轻摇曳,与绿叶、蓝天相互呼应,构成了一幅美丽的画卷。

我闭上眼睛,深深地吸了一口气,仿佛能将这春天的气息全部吸入体内,让整个人都清新起来。

这树梨花,真是让人有一眼万年的感觉。也因之惊艳了哈尔滨的五一劳动节,不仅登上微博、抖音热搜,还成了网红打卡地。

这株梨树的来历,更是神奇、有趣。它是东北王张作霖 1920 年担任东三省巡阅使,到中东铁路护路军巡阅时所栽,是张作霖心中的吉祥!

话说 1920 年 3 月,中东铁路护路军司令部驻扎在果园(今古梨园前身)附近。在此之前,张作霖曾找人测字算命,随手写下一个"梨"字。算命先生掐指一算,说:"梨,下边为'木',系扎根土下，破土而生之意；上边为'利'，系大吉大利，无不利之意。若能在北方择地植一大梨树，必能上应天时，今朝立足东三省，他日在全国破土而出。"张作霖深信不疑，命人在天恒山找到这株生长于1886年的野梨树，起运至中东铁路护路军司令部所在地，并亲手栽种到现在的位置。

从1920年的"下山"算起，到2024年，这棵野梨树在这里已经生长了104年。这一树繁花，见证了哈尔滨的变迁，也见证了很多人的容颜和生活的改变。有网友望树兴叹："一树梨花百年沧桑，见证冰城悲欢聚散。"

古梨树简介

梨花诉说着岁月的故事

古梨园的历史，也是哈尔滨的城市发展史。古梨园前身是 1959 年成立的太平区苗圃。据《生活报》的报道，当时苗圃的管理员是一位转业到地方的老红军。他每天兢兢业业地巡逻，保护一花一木不受折损。有顽皮的孩子想要爬到梨树上淘气，每当远远地看到巡逻的退伍军人，便吓得赶紧跑。1994年 10 月 8 日，由苗圃改建的宏伟公园对外开放，这株古梨树也被评为哈尔滨市第 51 号古树名木。2009 年，它又被评定为哈尔滨市第 20001 号古树名木，现挂牌号 23010400003。因为这株古梨树名声鼎盛，后公园更名为古梨园。

每当春风轻拂，梨花开放，在这片洁白的花海中，时间仿佛凝固，让人忘却了一切烦恼。梨花的美，不需要华丽的辞藻来修饰，就已足够让人心动。

梨树下有拿着自拍杆挥舞着彩色丝巾的东北大姨，有一起卖萌拍照的小情侣，有带着小孙孙吹肥皂泡的老夫妻，还有拿着各种设备直播的年轻人。一位步履蹒跚的大爷，在家人的搀扶下，也来看古梨树。他对家人说道："我小

04　花儿·城市

古梨树花开

梨花开（组图）

时候,就常在大梨树旁边藏猫猫、采野果、打鸟。"

现在,升级改造后的古梨园宛如繁华都市中的一片世外桃源,山水亭榭,鸟语花香,园中移步换景,令人心旷神怡。

在喧嚣都市的一角,古梨园静静诉说着岁月的故事。梨花,犹如春日里的一首清雅之诗。每当梨花又开放,我们似乎看到了生命的轮回,感受到时间的流转。梨花满枝时,好似春天里落了一场大雪,无声地言说着生命的纯净与希望。

古梨树的每一朵梨花都是大自然的杰作,都是宇宙间独一无二的存在。它们告诉我们,每一个生命都值得尊重,每一刻时光都值得珍惜。在梨花的世界里,我们学会了感恩,学会了珍惜,学会了在忙碌的生活中寻找那份宁静与美好。

期待这株被哈尔滨一城人视为团宠的古梨树,延续下一个百年的轮回……

你好啊，萱草！

生而为人，难免烦恼。从 3000 年前的《诗经》时代，人们就想找到忘忧草，希望吃了以后可以清除所有烦恼。《诗经·卫风·伯兮》中的女子就找到了：

自伯之东，首如飞蓬。岂无膏沐，谁适为容。
……
焉得谖草，言树之背。愿言思伯，使我心痗。

诗中的女主人公送爱人出征后，被孤独、痛苦和思念缠绕着，无心梳妆。如何才能排遣这忧愁？她想到了传说中的忘忧草——"谖草"（又名萱草），种在房屋的北面，当想念远方的他想得心痛时，好随时吃下。

灿灿萱草，花开忘忧

绽放于《诗经》中的忘忧神草——萱草，没有消失于历史长河，而是在中华大地上年年盛开，直到今天，盛夏时节，仍随处可见。哈尔滨市政府广场、松北世茂大道，还有哈尔滨公园的花坛中，街头的小径旁，我们都能看见这种开放在《诗经》中的花朵。我们黑龙江大学联通广场的跑道旁，就种植了一圈萱草。夏日的傍晚，我常常会坐在广场的长椅上，静静地欣赏萱草花的静静绽放以及随风摇曳，它们就像是在跳着优美的舞蹈。萱草的颜色丰富多彩，有的是淡黄色的，如同初升的太阳般温暖；有的是橙色的，像是落日余晖，给人以温馨的感觉；还有的是深红色的，如同热烈的爱情，充满激情。

初见萱草时，你可能并不知道它的名字，但一定会被它灿然的花朵惊艳，那亮橘色的花瓣鲜艳明丽，百合一样的花朵姿态高雅，让看到的人心情大好。

我今年与萱草相遇的时候，恰是一个阴雨天。风雨如晦，我开车经过哈尔滨松北世茂大道，路上车流人流的匆匆间，迎面忽见一朵灿黄的花，在人行道边灿然开放，瞬间点亮了我的眼眸。是萱草啊！再放眼一看，沿着长长的人行道，无数萱草灼灼盛开。

白居易咏叹道："杜康能散闷，萱草解忘忧。"(《酬梦得比萱草见赠》)借酒可消愁，萱草何以能忘忧呢？

西晋张华《博物志》说："萱草，食之令人好欢乐，忘忧思，故曰忘忧草。"据《本草图经》《本草纲目》等医书记载，萱草的花和根均可入药，"主安五脏，利心志，令人好欢乐无忧，轻身明目。五月采花，八月采根。今人多采其嫩苗及花，跗作菹食，云利胸鬲，甚佳"(苏颂《本草图经》)。原来，是萱草本身的药用功效，使得它有了忘忧草的美名。萱草的花语正是爱的忘却，放下他（她），放下忧愁。

萱草耐热又抗寒，这使得冰城哈尔滨在城市绿化的时候选择了它。如今有一个新的萱草品种——金娃娃萱草，越来越多地出

无论在《诗经》中,还是在今天,萱草都充满吉祥寓意,是能让人赏心悦目、花开忘忧的香草(组图)

现在哈尔滨的大街小巷。金娃娃萱草有着金灿灿的花朵,像极了绽放的笑脸;它的花期一般能从六月持续到八九月,所以整个夏、秋,我们都能在哈尔滨看到可爱的它。

祝福父母康健的孝亲花

古人出门远游时,喜欢在院子里或者门前种植萱草,以表对母亲的孝心。希望萱草能够帮助母亲化解对远行儿子的思念,萱草也因此被看作母亲花。唐代诗人孟郊有诗曰:"萱草生堂阶,游子行天涯。慈亲倚堂门,不见萱草花。"(《游子》)儿行千里母担忧。此诗描写了母亲痴痴地倚在门前盼望远行的儿子归来,因为对儿子的思念太深,以至于门前的萱草开花都没有觉知。元代王冕画有《墨萱图》,是一幅以萱草表现母爱的画作,并配有题画诗:"灿灿萱草花,罗生北堂下。南风吹其心,摇摇为谁吐?慈母倚门情,游子行路苦。甘旨日以疏,音问日以阻。举头望云林,愧听慧鸟语。"(《墨萱图·其一》)因年代久远,这幅画已失传,但题画诗流传下来,以母亲堂下的灿灿萱草花,言说了游子思念母亲的真挚感情。

因萱草常种植于母亲堂前,古代称母亲住的房子为萱堂。清代叶梦得诗云:"白发萱堂上,孩儿更共怀。"(《再任后遣模归按视石林四首·其二》)文人墨客还以香椿和萱草并举,用以象征父母康健、家庭和美。明人唐寅画有《椿萱图》并题诗:"漆园椿树千年色,堂北萱根三月花。巧画斑衣相向舞,双亲从此寿无涯。"意思是说,漆园的椿树展现千年苍颜,就像那高寿的父亲;阳春

路边的萱草花（组图）

三月堂北萱草泛出新芽，就像康健的母亲。为人子者应愉悦双亲，父母就会福寿绵长。与之相伴，明清时期以"椿萱并茂"为题祝福父母长寿的寿匾也盛行一时。古人还认为妇人撷采、佩戴萱草宜生男子，萱草也因之被称为"宜男草"。考古资料表明，萱草很早就作为吉祥纹样，常见于古人的衣饰、家具上，祝愿父母健康长寿、祝福妇人早生贵子。

哈尔滨在公园、社区、学校等公共场所广泛种植萱草，不仅美化了城市环境，也在潜移默化中弘扬了孝道文化。每当萱草花开，那金黄色的花朵在绿叶的衬托下格外醒目，它们仿佛在诉说着子女对父母的感激之情，提醒着人们要常怀感恩之心，孝敬长辈。

萱草一枝花的花箭上，往往有十几朵到几十朵花苞，一朵花儿只开一天，这朵谢了那朵又接着开了。萱草的花期很长，可延续整个夏季，有些品种还可以一直开放到11月。漫长的花期里，我们每天都能看到花朵灿然开放，但是今天看到的已经不是昨天那朵了。所以，萱草的拉丁文名字是"一天"的意思，英语中萱草的名字为daylily，直译就是"开放一天的百合"。我们东北人喜欢吃的黄花菜（又叫金针菜），就是萱草的品种之一，不仅味道鲜美，还有清热、安神等功效，但是黄花菜不能鲜食，要经过蒸晒后才能食用。

观之胜桃李之华，食之味同山珍，解之析之是伟大母爱的象征，这就是萱草。"诗人美萱草，盖谓忧可忘。人子借此花，植之盈北堂。"（家铉翁《萱草篇》）无论在《诗经》中，还是在今天，萱草都充满吉祥寓意，是既能让人赏心悦目，又可暂忘烦忧的香草。

每当萱草花开,不仅是一场视觉的盛宴,更是一次心灵的洗礼,提醒着我们无论身在何方,都不要忘记对父母的那份深情与敬意。在这样的氛围下,哈尔滨不仅是一座风景优美的城市,更是一座充满爱与温情的家园。

所以,每次在大街小巷与萱草花邂逅,我都会开心地问候:

你好啊,萱草!

你是哪个季节来到哈尔滨?

哈尔滨的哪些植物吸引到了你?

一日百合（组图）

05

博物馆 · 往事

从黑龙江省博物馆出发,探索黑土地上的故事,是打开黑龙江、走读哈尔滨的重要方式

黑龙江省博物馆，
解锁黑龙江的前世今生

世界如此辽阔，生命却如此短暂。在我们到来之前，这世界就已经多姿多彩，有无数精彩的故事。基于这样的认识，每拜访一座城市，我首先就要去这座城市的博物馆看看。博物馆收藏着人类历史的点点滴滴，每一处展览都在讲述着那些精彩绝伦的故事，可以帮助我们走进自己所处之外的时空。

哈尔滨是中国较早有意识地采撷历史之花，将之珍存于博物馆的城市之一。来到哈尔滨，首先推荐参观的是黑龙江省博物馆，这里不仅展现了黑龙江的悠久历史和丰富文化，还揭示了这片黑土地从古至今的变迁和发展。通过这些展览，我们可以深入了解黑龙江的前世今生，感受这片土地深厚的历史底蕴和独特魅力。

博物馆本身就是展品

去黑龙江省博物馆，首先要欣赏的是这栋博物馆建筑。我们要站在路的对面，好好欣赏它的美，之后再走进它。

淡淡的米黄色建筑展现着一种优雅的风情，暗红色的穹顶彰显着一种高贵的气质，半圆、方形与长方形的窗棂，错落有致地点睛了整栋建筑的设计，窗口上部的弧形过梁、曲线流畅的墙墩、

局部的塔状造型，使得这座建筑更加具有线条的美感，好似一位穿着束腰蓬裙去参加舞会的19世纪的俄罗斯小姐，娉婷立于哈尔滨南岗区红军街。

每当夕阳西下，路面上就会投下生动的倒影，尖尖的穹顶、错落有致的轮廓线在地面上勾勒出一座如梦幻般的城堡，让人忍不住想进入城堡寻宝探秘。

修建这座建筑的人最初是要建造一个繁华商场，所以在外观上才会有如此旖旎风情的设计。这栋建筑始建于1906年，建成于1908年，是原哈尔滨莫斯科商场的旧址。

莫斯科商场共为三层，其中地上两层，地下一层。为适应商业服务的需求，商场由15个独立的开间构成，各开间不仅设置了独立的出口，楼梯间也各自分设，和谐有序。商场开业之初，各个单元的商业服务功能不尽相同，有布匹店、搪瓷制品店、日用百货店、电报局等。初建之时，莫斯科商场便以其独特的地理位置和优雅美丽的建筑风格吸引了无数目光，成为20世纪初哈尔滨的打卡地之一。

1899年，中东铁路局规划哈尔滨城市建设的时候，在今天黑龙江省博物馆正对的转盘道这里，开始建设圣·尼古拉大教堂。大教堂以精美的设计和恢宏的气势闻名中外，不仅是很长一段历史时期内哈尔滨的标志性建筑，也是哈尔滨俄侨的精神家园。他们在这里祷告。莫斯科商场与圣·尼古拉大教堂毗邻而居，人们在做完弥撒后，可以顺便来此休闲购物，享受物质与精神的双重满足。

1918年8月23日，捷克兵团曾擅自占用莫斯科商场作为兵团司令部。1923年，东省文物研究会陈列所在莫斯科商场开馆，

位于哈尔滨市南岗区红军街 50 号的黑龙江省博物馆

黑龙江省博物馆内的微缩莫斯科商场

后几经更名：1931 年改称东省特别区文物研究所；1937 年改称大陆科学院哈尔滨分院（博物馆）；1946 年日本投降，由俄国人接管，改称哈尔滨工业大学常设运输经济陈列馆；1951 年由中华人民共和国接管，改称松江省科学博物馆；1953 年改称松江省博物馆；1954 年随着松江省并入黑龙江省，松江省博物馆与黑龙江省博物馆筹备处合并，其后征集大量的历史、自然、艺术类藏品，举办了一系列陈列展览，定名为黑龙江省博物馆。

走进黑龙江省博物馆，就是走进了黑龙江省的自然与社会历史中。这里有百年前的动植物标本，可以作为博物学课堂，让我们多识鸟兽草木之名；这里有哈尔滨往事，记录这座火车拉来的城市的繁华过往、压迫与反抗、革命与解放，更有中华人民共和国成立以来的蓬勃发展；这里还有蝴蝶标本展，看着那些曾经翩跹飞舞的美丽翅膀，忍不住会好奇想象，到底哪一只是梁山伯，哪一只是祝英台，哪一只又是马文才？历史的印记被筛选后在这里保留，时间的法则让人感喟。

黑龙江自然历史展览

20 世纪初，随着中东铁路开通，一批俄罗斯学者来到哈尔滨，他们倡议建立陈列所（博物馆）和图书馆。1923 年，东省文物研究会成立[①]，并建立陈列所，开始开展文物征集、藏品陈列、

[①] 东省文物研究会，又称"驻哈尔滨东省文物研究会"。其前身为"满洲文物研究会"，1923 年 6 月改称"东省文物研究会"。

文物考古调查,以及学术研究与交流。早期陈列所的展品,主要是东北地区自然、文化和经济的展示,学生、市民常常来此参观、学习。

走进黑龙江省博物馆,我最感兴趣的就是20世纪早期东省文物研究会的学者们采集的植物和动物标本。他们的采集范围涵盖了从满洲里到牡丹江铁路沿线的城镇、山川与河流。据博物馆的展板介绍,1923年馆藏数量为11089件,截至1929年时,藏品总数达到62062件。

这些动植物标本的制作,离不开一个人——鲍里斯·帕夫洛维奇·雅科夫列夫。他1881年出生于俄国坦波夫市,自1924年起担任东省文物研究会陈列所所长,在这个职位上一干就是8年。博物馆中有标本制作的场景还原,可见当时雅科夫列夫认真工作的情态。狡黠观望的狐狸、憨态可掬的环颈雉、即将展翅飞翔的燕鸥、胖胖的丑鸭、顾盼之间的豆雁、威武的东北虎……在雅科夫列夫的制作下,生动地呈现了近百年前的姿态。雅科夫列夫坚持对科学的执着追求,在他的推动下,1928年年初,陈列所的自然历史展厅便拥有13672件展品,记录了近百年前黑龙江的自然历史风貌。

如今,黑龙江省博物馆收藏各类自然藏品13万余件,如最早发现并有科学记录的白垩纪平头鸭嘴龙骨架化石、中国最早发现的迄今为止保存最完整的第四纪披毛犀骨架化石、中国发现的第一具完整的猛犸象骨骼化石、独具地域特点的东北野牛骨架化石等;还有黑熊、棕熊、丹顶鹤、绿头鸭、东方白鹳,以及各种鱼类的标本等,都展现了黑龙江大自然的神秘性与多样性。

哈尔滨往事

"哈尔滨往事——20世纪初哈埠社会生活展"让人能够沉浸式地走进百年前的哈尔滨。展览生动地复刻了中东铁路的火车头、繁华的中央大街、老道外的杂货铺和绸缎庄,将那段历史栩栩如生地展现在观众面前。展览中,西洋女士的优雅裙裾、中国绅士的长袍与礼帽,以及老铁路桥上的优美设计、松花江上江鸥的飞翔弧度,都被鲜活地呈现出来。这些细节不仅还原了当时的社会风貌,更让人仿佛置身于那个时代的哈尔滨。

20世纪初,伴随着中东铁路修筑和清政府设立滨江关道,开埠通商,哈尔滨凭借地缘优势,一跃成为我国东北地区经济、贸易、文化中心,并快速发展成现代化大都市。中国的南腔北调、世界各国的风土人情,都汇聚在哈尔滨,本土文化与外来文化在这里不断碰撞、交融,民风民俗、建筑风格,中西互映,各美其美。很多生活在哈尔滨的外国人,都深深地爱着这座城市。哈尔滨的俄侨诗人叶琳娜涅杰·利斯卡娅有一首写给哈尔滨的诗,我在多本写哈尔滨的著作中都曾看到,黑龙江省博物馆的展厅也同样引用了:

> 无情的岁月悄然逝去,
> 异国的晚霞染红了天边。
> 我到过多少美丽的城市,
> 都比不上尘土飞扬的你。

带上一本书，去哈尔滨

黑龙江省博物馆内还原的百年前中央大街街景（组图）

黑龙江省博物馆内的老火车头

在博物馆西侧的博物馆广场上，还有苏联红军烈士纪念碑。1945 年由驻哈苏军指挥部为纪念抗日战争中阵亡的苏军战士而建立。纪念碑属于折中主义建筑风格，正面刻有俄文碑文，下刻中文碑文："为中国的自由与独立，在解放东北作战中牺牲的苏军英雄们永垂不朽！"2024 年 5 月 17 日，俄罗斯总统普京到访哈尔滨，还专门到苏联红军烈士纪念碑敬献花篮。

在历史的长河中，博物馆是一个永远不会被遗忘的角落。面对古旧的文物，你能感受到时光的流转，以及人类智慧的延续。

黑龙江省博物馆，是一本打开的书，等你来阅读。

从黑龙江省博物馆出发，探索黑土地上的故事，是打开黑龙江，品读哈尔滨的重要方式，让每一位参观者都能从中汲取知识与力量，更好地理解这片土地上发生的一切……

05 博物馆·往事

位于哈尔滨市南岗区博物馆广场的苏联红军烈士纪念碑

哈尔滨博物馆捎来"丁香消息"

很多人不知道哈尔滨博物馆,是因为它开放的时间比较晚,2020年才开始对公众开放。但是,一经亮相就是华丽登场,成为哈尔滨的新晋网红打卡地。

位于道里区柳树街13号的哈尔滨博物馆,由市委原办公区改造而成。从2019年开始,哈尔滨市委市政府对老市委办公区进行改造,将之建成为一个大型综合性博物馆集群,包括哈尔滨城市历史展馆、哈尔滨文物馆、哈尔滨中苏友好协会旧址纪念馆、俄罗斯油画雕塑收藏馆、黑龙江省文学馆、当代影像艺术馆等,使其成为珍藏城市记忆、延续城市文脉的文化新地标。

这个让许多哈尔滨人印象深刻、有着一百多年历史的院落,是哈尔滨城史历程中的一枚独特印章。在这里,文物、文学、文化以视觉形式呈现,成为可凝视的时光。市民和游客既可以追寻城市的记忆、品味历史的气息,也可以用心"触摸"这个充满故事与情怀的空间。

中央大街历史风情

哈尔滨博物馆7号楼一层的"丁香消息——中央大街历史风情展"值得每一个来哈尔滨的人好好欣赏。

丁香消息——中央大街历史风情展（组图）

展览是以浪漫的"丁香花雨"开篇的，淡紫色的丁香，一朵朵缤纷落下，让人忍不住想伸出手去，将之捧在手心。更神奇的是，你轻轻一嗅，伴随着花雨而来的，还有丁香花那袭人的香气。

这是利用流光投影技术，还原了20世纪中央大街的"丁香花雨"。

丁香是哈尔滨的香氛LOGO（标志），也是中央大街的百年旖旎，布展的人真是有心了！

展览以文物为凭，以街牌为序，从中央大街的南端1号，由南向北走，用500余件历史文物原件和珍贵照片，展现百年间中央大街的工商发展、文化风貌，用文物和老照片说话，向大众娓娓道来中央大街的前世今生。

展览中有：世界著名小提琴家亚莎·海菲兹与著名歌唱家夏里亚宾的亲笔签名照（他们都曾在20世纪二三十年代来哈尔滨演出，并下榻马迭尔宾馆）；萧红写给萧军的情书，款款深情；哈尔滨特别市市政局局长（首任市长）储镇的亲笔信件；哈尔滨总商会原会长张万川位于中医街的住宅建筑图纸，以及很多百年前的社会生活史料，如1927年哈尔滨特别市市政局颁发的汽车驾驶证书、1933年卫斯理堂牧师张海云申请建房的文件、1951年的儿童保育所修业期满成绩合格证书……

我最喜欢的是各式各样的广告牌，其中言说了老哈尔滨的无限摩登！美女牌葡萄干，是来自美国葡萄干公司的精致零食，一个和今天口香糖盒子一样大小的红色纸盒上，一位金发碧眼的清纯美女巧笑嫣然，美女裙下特别标注两个字"无核"，小巧可爱的盒子说明了目标客户一定是以时尚女士和孩子为主的，因为小小

鼎丰百货店广告

美女牌葡萄干包装盒

的盒子，正好是一天的量，类似今天的每日坚果；1930 年的"米尼阿久尔咖啡糖食店"的糖果盒广告，是俄文版的，盒子的颜色是俄式的那种醇香巧克力的色彩；"维多利亚巧克力糖果工场"的广告商标，是一位戴着礼帽、身穿披风，手拿精致女士手包的优雅女性，看来糖果在百年前也是女人的最爱；上海制革厂的广告是我要点赞的，他们主打国货，特别声明"上海制革厂所制星辉商标之皮纯系中国原料由中国工人加工制成者"，广告语也特别给力：

时髦妇女所着之鞋皆欲用上海制革厂所制之皮

还有 20 世纪 00 年代老巴夺生产的"霞光牌"香烟商标；

美国葡萄干公司广告

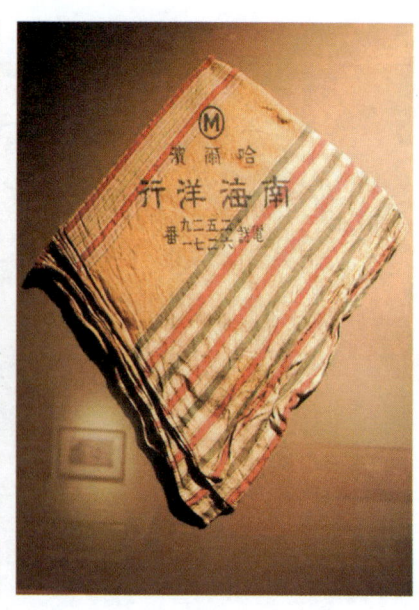

南海洋行广告

南海洋行为了做广告赠送客户的手绢上，还印着自己的电话：92521726……

远在北京的著名作家梁晓声，电话中听主办方说到这个展览，特别高兴地说："这是中央大街给世人的好消息！"在为展览专门写就的序言中，梁晓声说："今日之哈尔滨，乃是它有史以来最美的时刻；今日之中央大街，也是它有史以来最美的时刻。"

丁香十里不如你！是这一展览的主题句。你，是中央大街，也是每一个来到哈尔滨博物馆的你。

俄罗斯画家笔下的哈尔滨

20 世纪初，随着中东铁路的建设和俄国移民的到来，哈尔滨成为中俄文化交流的重要中心。不少俄罗斯画家来到哈尔滨，深受这座城市的文化和风景吸引，留下了许多描绘哈尔滨的作品。

百年间，无数俄罗斯画家用他们的笔，描画了一个风光无限的哈尔滨。哈尔滨博物馆中的俄罗斯油画雕塑收藏馆，是由俄罗斯美术家协会主席安德烈·科瓦里丘克和"韩建民中俄油画收藏馆"馆长韩建民共同策划建设的，展出俄罗斯美术家协会推荐的俄罗斯著名美术家的作品及"韩建民中俄油画收藏馆"馆藏的俄罗斯美术精品。

在哈尔滨遇到的一切美好，都会走进画家们的油画，可能是一束绣球花，也可能是一个繁华的市场，或一个安静的公园。俄罗斯画家偏爱描绘哈尔滨的冬日景色，覆盖着白雪的松花江、繁忙的雪橇队伍等，展现冬日哈尔滨的独特魅力。他们还喜欢

带上一本书,去哈尔滨

油画《哈尔滨的纪念碑》
俄罗斯联邦功勋艺术家 布洛多夫·尼古拉·弗拉基米洛维奇 2012

05　博物馆·往事

油画《老哈尔滨圣·尼古拉斯教堂》
俄罗斯联邦功勋艺术家　齐加诺夫·谢尔盖·瓦西里耶维奇　2012

油画《电力机车牵引发展》
俄罗斯联邦功勋艺术家　拉辛·阿多利夫·维克多洛维奇　1971

画哈尔滨那些俄式风格的建筑，如圣·索菲亚教堂、中央大街等。

俄罗斯画家的作品通常色彩丰富，情感表达浓烈，伏特加的性格也体现在他们的油画中。

充满现实主义精神的19—20世纪俄罗斯美术，践行了车尔尼雪夫斯基"美就是生活"的精神理念，在世界艺术史上占有重要地位，曾对我国现代美术产生重要影响。1936年2月，鲁迅撰文《记苏联版画展览会》，虽然评价的是版画，但其概括的，可以说是整个俄罗斯美术的气质："真挚，却非固执；美丽，却非淫艳；愉快，却非狂欢；有力，却非粗暴；但又不是静止的，它令人觉得一种震动……"

鲁迅先生对俄罗斯美术的评价，我们都会在哈尔滨博物馆俄罗斯油画雕塑收藏馆中得到印证。油画色彩中，有情感流动，有哲学思考，有中俄人文交流，更有哈尔滨的昨天、今天和更加美好的明天。

哈尔滨中苏友好协会与抗日民族英雄李兆麟

位于博物馆1号楼的哈尔滨中苏友好协会旧址纪念馆始建于1919年，是一幢仿文艺复兴式折中主义建筑。1932年2月，日军侵占哈尔滨，该楼成为伪"满洲国外交部北满特派员公署"所在地。1945年10月，哈尔滨中苏友好协会成立，将办公地址设在该楼。

哈尔滨中苏友好协会作为中国共产党同国民党斗争的重要阵地，为解放哈尔滨，解放全东北作出了积极的贡献。哈尔滨解放后，中苏友好协会为发展和巩固中苏两国的友好关系，增进中苏两国文化、经济及各方面的合作，起到了重要的作用。1955年春，中共哈尔滨市委主要领导入驻该楼办公，这里也被称为"书记楼"。

提到哈尔滨中苏友好协会，一定要提到的一个人——抗日民族英雄李兆麟。

李兆麟（1910年11月2日—1946年3月9日），原名李超兰，化名张寿篯，辽宁省辽阳人，1929年参加革命活动，1932年加入中国共产党，是抗日名将、中共北满省委主要领导人之一、东北抗日联军创建人，100位为中华人民共和国成立作出突出贡献的英雄模范之一。

自"九一八"事变后，李兆麟将军来到东北抗日战场上，浴血奋战了14年之久，在艰苦的抗日岁月里，李兆麟参与编写了著名的革命歌曲《露营之歌》，鼓舞了广大战士：

铁岭绝岩，林木丛生，
暴雨狂风，荒原水畔战马鸣。
围火齐团结，普照满天红。
同志们，锐志哪怕松江晚浪生！
起来呀，果敢冲锋！
逐日寇，复东北，天破晓，
光华万丈涌……

这歌词，正是李兆麟的内心写照，也是对中国共产党带领群众建设新中国的信心。1945年8月15日，日本无条件投降。8月19日，苏联红军进驻哈尔滨。10月，为了进一步取得苏联红军对

哈尔滨中苏友好协会旧址纪念馆（组图）

哈尔滨中苏友好协会旧址及会徽（组图）

李兆麟将军在哈尔滨中苏友好协会成立大会上讲话

我党我军的支持和援助,继续开展与国民党反动派的斗争,李兆麟受党组织委派,联合哈尔滨各界人士,筹备成立了哈尔滨中苏友好协会并任会长。纪念馆二楼将李兆麟将军办公室恢复了原貌,深色的地板与厚重而具有历史年代感的家具,书柜里面摆满了书籍,电话、台灯、毛笔、档案盒等整齐地摆放在办公桌上。

1946年3月9日,李兆麟在哈尔滨被国民党特务杀害,时年36岁。他的墓就落座于哈尔滨博物馆旁的兆麟公园里。

斯人虽去,精神长存!2020年,该楼辟建为哈尔滨中苏友好协会旧址纪念馆。

哈尔滨博物馆的建筑本身就是一个历史的见证者,它的每一个角落都充满岁月的痕迹。在这里,游客不仅能够欣赏到精美的

1946年3月9日,哈尔滨社会各界人士开展悼念李兆麟将军公祭活动

展览,还能感受到这座建筑独特的艺术风格与历史韵味。聚航钟表收藏馆、黑龙江文学馆等,都是哈尔滨博物馆中值得我们去沉浸体验的场馆。"冰雪的礼物——中国哈尔滨'亚冬·科学·文明'主题展"则会带我们从科学角度了解冰雪运动项目中的科技,感受冰雪飞扬,特别适合小朋友去学习。

哈尔滨博物馆因为是一个博物馆集群,所以很难走马观花地一天全部看完。我的建议是,每一天看一个展馆。第一天可以先去中央大街转转,再来博物馆看"丁香消息——中央大街历史风情展",第二天看哈尔滨中苏友好协会旧址纪念馆,之后去旁边的兆麟公园走走,以此类推。

在历史与现实的交流互动中,博物馆的存在,让我们找到与过去对话的窗口,感受历史的魅力,思考未来的方向。

李兆麟会长办公室（组图）

南岗博物馆，
老哈尔滨的生活百态

我是去联发街拍摄铁路局黄房子照片的时候，遇见的南岗博物馆。

真是有种一眼万年的感觉，如《诗经》曰："邂逅相遇，适我愿兮。"

百年前中东铁路的职工宿舍，房子外墙多采用温暖的黄色调，配以木质结构的屋顶和精美的雕花装饰，既有俄罗斯传统建筑的庄重，又不失欧洲古典风格的优雅，被今天的哈尔滨人亲切地称为"黄房子"。黄房子是这座城市一道独特的风景线，它们不仅是建筑美学的体现，更是哈尔滨历史与文化的见证。

黄房子在哈尔滨随处可见，但是以联发街最为集中。我在联发街上走走、拍拍，正沉醉于黄房子的色彩美，感叹街边老榆树的高大，忽见绿树掩映中，一栋黄房子明显比周围的黄房子更高大、更艺术、更有气派。稍走近些，新艺术运动风格建筑的美感扑面而来。街角，一位拿着画板的年轻人，正对着这座建筑写生。再走近一看，是"南岗博物馆"。

这座好似从凡·高名画《黄房子》走出来的美丽建筑，静静地矗立着，仿佛在邀请每一个路过的人，停下脚步，感受这份独属于哈尔滨的美。

建筑是历史的缩影

南岗博物馆建筑始建于1904年,是中东铁路时期建造的新艺术运动风格建筑珍品。院落中铺就的一小段铁轨,言说着这栋小楼和铁路的紧密关联。这栋建筑承载了哈尔滨乃至东北地区历史变迁中的文化记忆,每一阶段的历史都赋予了它独特的意义。最初,它是中东铁路总稽核(中东铁路局副局长)官邸,见证了中东铁路初期的建设与运营;1929年,成为东省特别区行政长官张景惠公馆,亲历了当时东省的诸多重要历史事件;1935年,又改为满洲铁道株式会社参事住宅,成为日本侵占东北的罪证;解放战争时期,东北民主联军指挥部曾在此短期办公,记录了中国共产党领导下解放战争的重要时刻;解放战争后,该建筑交给哈尔滨铁路局管理,成为铁路局的重要办公场所;2006年,铁路局将之移交给南岗区政府;2010年初,南岗区委、区政府依照"修旧如旧"的原则重新修葺后,作为南岗展览馆对外开放,2013年11月,正式更名为"哈尔滨市南岗博物馆",开启历史新篇章。

百年前的哈尔滨,其建筑风格受到了欧洲的影响,巴洛克、新艺术运动和折中主义风格建筑在哈尔滨随处可见。南岗博物馆这座雅静的小院,不仅是哈尔滨城市记忆的守护者,也是哈尔滨历史文化的重要载体。参观南岗博物馆,仿佛翻开了一卷尘封的历史长卷,生动地呈现了哈尔滨百年间的故事。博物馆共设计了8个主题展室:依路兴起、乡城嬗变、商贸繁荣、医疗与卫生、教育与人才、建筑与往事、文化与艺术、世纪风云。每一件展品都承载着一个时代的印记,每一幅画面都讲述着一段生动的历史。

南岗博物馆建筑始建于1904年，最初为中东铁路总稽核（中东铁路局副局长）官邸（组图）

南岗博物馆院内的一小段铁轨

哈尔滨城史故事

踏入南岗博物馆,仿佛瞬间回到了百年前哈尔滨的蓬勃发展时光。

1899年起,中东铁路工程局对今天南岗区所在的秦家岗地区开始了市政综合规划,中东铁路公司的办公地点及员工住所、文化娱乐和教育场所、教堂、商场、旅馆、酒店和使馆等,都有统筹设计。之后在很短的时间内,哈尔滨便初具现代城市的规模。到20世纪20年代,哈尔滨已经跻身于中国大城市行列。南岗区曾是中东铁路管理机构、多国领事馆、诸多宗教寺院的所在地,这里还有多家知名商号,城市的交通、通讯、环卫、消防等设施在当时都是领先全国的。

南岗博物馆保存的 20 世纪初秋林公司橱窗设计照片

1908 年,南岗区的市政管理中已经使用了马拉机器消防车。博物馆的照片告诉我们,20 世纪 20 年代初,消防队还添置了德国产带升降梯的四汽缸内燃机救火车。同样是 20 世纪 20 年代,垃圾转运也是进口德国汽车转运垃圾脏水,并有了规范的污物处理作业场。

中东铁路于 1903 年开通电话,1907 年在靠近哈医大四院院部的位置创办了中央电话局。在整个中国还是以人力车作为主要公共交通工具的时代,哈尔滨就有了中国最早的出租汽车。

百年前的哈尔滨吸引了大量俄罗斯人、犹太人等外国移民,有 19 个国家在此设立领事馆。各国文化的交融,也形成了哈尔滨兼容并包的文化氛围,仅从服饰,就能看出哈尔滨的国际大都市风貌。在南岗博物馆展示的百年前的老照片中,既有中国传统袍褂的端庄大气，也有泳装女郎、选美王后的性感装束，以及普通百姓的粗布衣裳。当时的中央大街，男士西装革履，女士则身着华丽的连衣裙，头戴精致的帽子，足踏高跟鞋，走在世界时尚的前沿。

博物馆中复原的街道场景，让我们有了观照百年前这座城市的航拍视角。那时的南岗区是商业活动的中心，店铺林立，从国际奢侈品到地方品牌、特色小吃等，应有尽有，人们在这里享受着生活的乐趣。博物馆还通过生动的影像资料，再现了那个时代热闹非凡的市井生活。从百年前开始，哈尔滨就是一个洋气与地气、精致与淳朴兼备的城市。

二楼的红色特工专题展是特别值得点赞的一个展室。在抗战时期，这些红色特工隐姓埋名，潜伏在敌寇心脏，被家人、战友

南岗博物馆内的沙盘复原了百年前哈尔滨街景

误解,在哈尔滨完成了常人难以完成的、最危险的艰巨任务,为祖国的解放事业无私地奉献出非凡的光和热,甚至付出了生命。他们是最可爱、最应该被致敬的人。

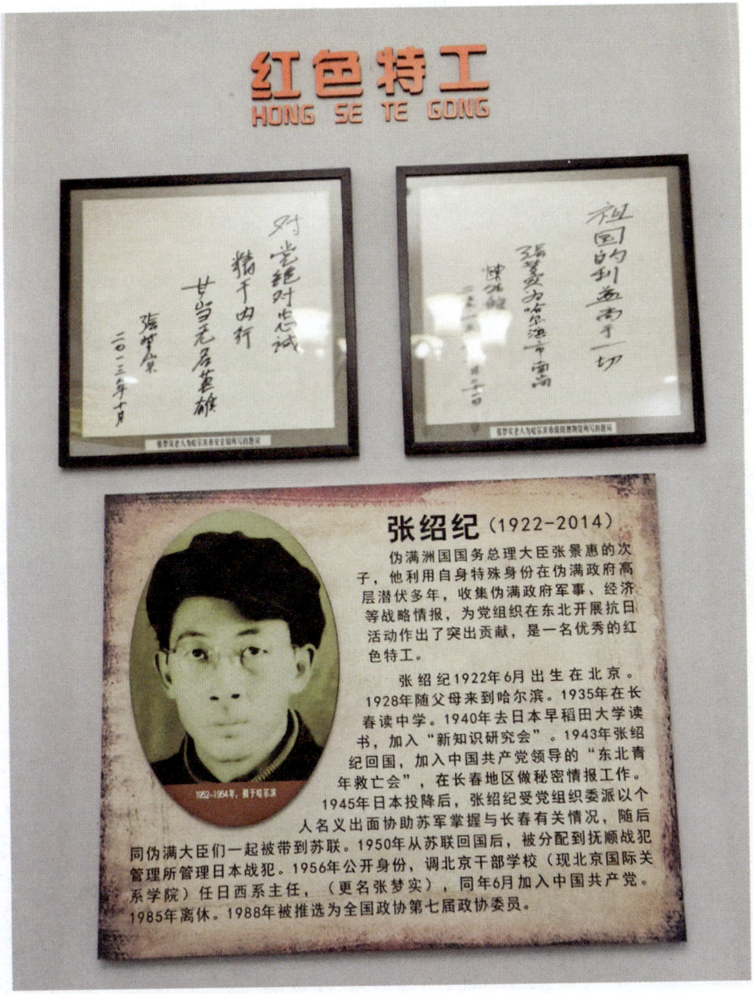

红色特工张绍纪

抗疫英雄伍连德

博物馆保存的珍贵照片资料中,我在伍连德医生的一张戎装照前,驻足最久。照片中的伍连德帅气中透着书卷气,那时的他非常年轻。伍连德出生于 1879 年 3 月 10 日,1903 年,在他 24 岁时便获得了剑桥大学医学博士学位。

1910 年 11 月,一场鼠疫从俄国西伯利亚传入中国东北地区,以哈尔滨为中心迅速蔓延。当时,疫情非常严重,被感染者发烧咳嗽,脸部呈紫黑色,不久即吐血而死,而且有席卷全国之势。危急关头,清政府委任伍连德为东三省防鼠疫全权总医官,在哈尔滨主持抗疫工作。伍连德当时的首要任务就是查

伍连德
(1879 年 3 月 10 日 -1960 年 1 月 21 日)

男,字星联,祖籍广东广州府新宁县(今广东台山市),生于马来西亚槟榔屿。剑桥大学医学博士,中国卫生防疫、检疫事业创始人,中国现代医学、微生物学、流行病学、医学教育和医学史等领域先驱,1935 年诺贝尔生理学或医学奖候选人,华人世界首位诺贝尔奖候选人。

南岗博物馆内的伍连德照片及简介

清病因，他来到了疫情最严重的哈尔滨傅家甸地区，通过实验解剖，发现这次流行的是肺鼠疫。肺鼠疫并不像以往的腺鼠疫由跳蚤传染，而是通过人的呼吸和飞沫传染。确定病源和传播途径后，在缺医无药的条件下，伍连德采取了非常有效的防疫措施——隔离法。一是将鼠疫病人、疑似病人及密切接触者分别隔离起来；二是将流行中心傅家甸和外界隔断。为阻止呼吸

防疫人员佩戴"伍氏口罩"在疑似病院前执勤

传染，伍连德设计并命令赶制了一种特殊的加厚口罩，后人称其为"伍氏口罩"。南岗博物馆还保存了一张当时防疫人员佩戴"伍氏口罩"的照片，介绍说是将白纱布裁成15寸长、9寸宽的长条，每条沿长边向内折成双层，中间放置一块长4寸、宽6寸、厚半寸的棉花，再将纱布两端剪开，分上下系于脑后。在博物馆老照片中，清晰可见当时第二疫区防疫执行处人员佩戴口罩严阵以待的样子。伍氏口罩的发明，使得病毒传播能很好地被阻断。伍连德组织了3000多人投入救护中，他还以钦差大臣的身份在疫区紧急征用学校、戏院和浴室，改装成临时消毒所，又把庙宇和教堂改为急救医院。就这样，在伍连德主持下，仅用4个月时间就扑灭了这场震惊中外的鼠疫，有效地避免了一次世界性鼠疫大流行对百姓的涂炭。

位于哈尔滨道外区保障街140号的伍连德纪念馆

1911年4月3日，清政府在奉天（今沈阳）召开了"万国鼠疫研究会"，英、法、美等11个国家的专家出席了这次大会，这是中国首次主办国际性学术会议，伍连德因出色的防疫成绩被推举为大会主席。英国《泰晤士报》称赞伍连德是"流行病的英勇斗士"。伍连德因为"在肺鼠疫防治实践与研究上的杰出成就以及发现旱獭于其传播中的作用"，而被提名为1935年诺贝尔生理学或医学奖候选人。候选人的保密期为50年，此消息直到2007年才在诺贝尔基金会官方网站上正式披露，他是华人世界首位诺贝尔奖候选人。

南岗博物馆如同一部活生生的历史教科书，引领我们走进那个充满故事的时代，感受老哈尔滨的生活百态。在这里，每一件展品都是一个时代的名片，让我们能够触摸到哈尔滨在不同历史阶段的脉搏，感受这座城市在风雨中成长的坚韧与勇气。

记录你的哈尔滨行程，写下时间与地点。

东北烈士纪念馆，珍存红色历史

哈尔滨这座充满西式旖旎风情的城市，不仅以其独特的建筑和文化吸引着游客，更以对英雄的纪念和对红色文化的传承而著称。在哈尔滨，有很多街道、公园的名字是以英雄的名字命名的。

街名为碑，英雄精神已经被刻进哈尔滨大街小巷，融入这座城市的红色基因。道里区的尚志大街，是为纪念抗日民族英雄赵尚志而得名；道里区兆麟街和兆麟公园，是为了纪念抗日民族英

东北烈士纪念馆

雄李兆麟；道外区靖宇街和靖宇公园的名字，来自抗日民族英雄杨靖宇；南岗区一曼街和一曼公园，则是为了纪念抗日民族英雄赵一曼。其中，最为人所知的是一曼街，每到清明节、建军节、建党节，人们都会去一曼街上的东北烈士纪念馆，致敬革命先烈，缅怀黑土英魂。

砖石之间，岁月如歌

一曼街的西北端，矗立着一座优雅又庄严的白色大楼，是中国共产党建立的第一个永久性纪念馆、全国重点文物保护单位、全国爱国主义教育示范基地——东北烈士纪念馆。

远远望去，这栋带着浓郁古罗马风格的建筑，外墙雪白，6根高大的科林斯柱以及精致的雕花，在阳光下格外耀眼。门楣上有7个鎏金大字："东北烈士纪念馆"，令人一望便心生敬畏。

这座竣工于1931年的建筑，设计者是俄罗斯籍犹太裔设计师尤·彼·日丹诺夫。日丹诺夫在哈尔滨侨居37年，1903年起担任哈尔滨开发建设处第一副处长。他善于灵活运用古典主义、文艺复兴和巴洛克元素进行建筑设计。哈尔滨的大批经典建筑，如通江街上的土耳其清真寺、一曼街上的日满文化协会（现市群众艺术馆）、红军街上的契斯恰科夫茶庄（现汇丰照相机商行）、前日本驻哈尔滨总领事馆（现哈尔滨铁路局对外经贸公司）、大直街上的荷花艺术学校（现哈尔滨市少年宫）、果戈里大街上的前日本驻哈尔滨总领事馆领事官邸（现黑龙江省外事办公室）等，都出自这位设计大师之手。日丹诺夫对哈尔滨城市建设的最大贡献是

东北烈士纪念馆

日丹诺夫的设计作品——日本驻哈尔滨总领事馆（现哈尔滨铁路局对外经贸公司）

规划了哈尔滨市南岗区。

1940年，日丹诺夫病逝于哈尔滨，遗体安葬在他亲手设计的第一个作品——东大直街上的圣母帡幪（píng méng）教堂旁的墓地，与他的夫人安葬在一起。

东北烈士纪念馆是日丹诺夫的代表作之一，建筑的最初目的是要建设东省特别区图书馆，由社会集资，1928—1931年建设，总建筑面积4283平方米。日丹诺夫是按照图书馆的气质设计的这栋建筑。宏伟、大气、优雅，又不失书卷气，是我对这栋建筑的第一印象。

然而，图书馆建成，还未投入使用，1931年下半年，日本帝国主义发动了侵略中国东北的"九一八"战争，图书馆因而停办。

1932年2月5日，日军侵占哈尔滨，同年5月伪哈尔滨市政府筹备所占用此楼。1933年3月，伪满洲国哈尔滨警察厅成立。同年9月13日，伪满洲国哈尔滨警察厅霸占了这栋美丽、壮观的建筑，并在大楼后面修建监狱，关押抗日人员。1933—1945年，伪满警察厅在这里犯下了滔天罪行，赵一曼烈士曾被囚禁、受刑于此。

哈尔滨解放后，东北人民解放军政委罗荣桓将军提议在此筹建东北烈士纪念馆，1948年10月10日正式开馆。这是中国共产党建立的第一个永久性纪念馆。

1953年1月1日，周恩来总理亲临东北烈士纪念馆，并题词"革命先烈永垂不朽"。

今天，东北烈士纪念馆已成为国家一级博物馆，分为多个展馆，包括东北烈士纪念馆、东北抗联博物馆、中共黑龙江历史纪

东北烈士纪念馆（组图）

念馆、革命领袖视察黑龙江纪念馆、东北抗联精神陈列馆——五个编办备案展馆，以及伪满哈尔滨警察厅旧址陈列馆的一个内设馆。各展馆通过丰富的文物、图片和资料，全面展示了东北地区在抗日战争和解放战争时期的革命历史。

抗日英雄赵一曼

走在一曼街上，就会联想到赵一曼那封感人至深的《示儿书》，这封家书感动着一代又一代国人。走进东北烈士纪念馆，最想去致敬的，就是赵一曼。

我走到赵一曼的革命事迹展板前，恰好一位馆内讲解员在给一个来参观的单位人员讲解赵一曼的英勇事迹。

赵一曼，原名李坤泰，四川省宜宾县白花镇（今四川省宜宾市翠屏区白花镇）人。1933年，赵一曼任哈尔滨总工会代理书记。同年4月，参加并领导了哈尔滨电车工人反日罢工斗争。

1935年春，赵一曼任铁北区区委书记。她发动群众，建立农民游击队，配合抗日部队作战。后兼任东北人民革命军第三军第二团政治委员，率部活动于哈尔滨以东地区，给日伪以沉重的打击。因为她体形瘦小，群众亲切地称呼她为"瘦李"；她英武勇敢，威信颇高，当地战士们则称她为"我们的女政委"；连日伪报纸也惊叹于她的果敢决断，称之为"红枪白马"的妇女。

关于赵一曼的事迹，我们一定都听到、学到很多，她给她儿子写的诀别信，很多人都可背诵。但是，直到我站在曾经关押她的牢房前，亲眼看到当时的刑讯室的时候，才真正明白了她意志

1933年4月3日,赵一曼领导哈尔滨电车工人举行反日大罢工,罢工持续3天,最终取得了胜利

关押赵一曼的牢房

的强大、信念的坚定!

透过冰冷的栏杆,望向里面那一件件令人不寒而栗的刑具,那种恐惧、绝望是发自内心的。伪满警察厅对哈尔滨地区广大人民的抗日救国斗争进行了残酷镇压,赵一曼等众多革命志士在此被关押、刑讯或杀害。负一层的展区就是伪满警察厅的罪证陈列区。

1933年4月,哈尔滨日本宪兵队与伪满哈尔滨警察厅雇用土匪,绑架了马迭尔宾馆老板的儿子西门·开斯普,妄图勒索巨额赎金,结果将之残忍杀害,制造了震惊中外的"西门·开斯普绑架案"。

1936年6月,哈尔滨日本宪兵队和伪满哈尔滨警察厅共同行动,以私藏军火、私通苏联、隐匿共产党谍报人员为由,大肆搜查秋林洋行百货部及洋行高级职员的住宅,逮捕洋行总经理、大股东及其眷属,并对其进行严刑拷打。最终,他们强行以极低的价格收购了秋林洋行总店、各地分店及所属其他产业,达到了豪夺俄侨财产的罪恶目的。

他们还允许鸦片交易,强迫妇女卖淫,破坏民族工商业,等等。伪满警察厅的罪证展陈和墙上一个个酷刑的简介,让我感觉原来文字也可以这么让人疼痛,"金刑""木刑""水刑""火刑"……每一种都让人触目惊心,这些可耻的酷刑都曾经在我们的革命英雄身上使用过。赵一曼那弱小的身躯就曾经历过这些酷刑,可是她始终坚贞不屈,没说出一字有关抗联的情况。日军知道从赵一曼的口中得不到有用的情报,便于1936年8月1日,将她押往珠河县(今尚志市)残忍杀害。

赵一曼写下的《滨江述怀》一诗，最能展现她的人生志向与报国理想：

誓志为人不为家，涉江渡海走天涯。
男儿岂是全都好，女子缘何分外差？
未惜头颅新故国，甘洒热血沃中华。
白山黑水除敌寇，笑看旌旗红似花。

今天，东北烈士纪念馆上飘扬的红旗，如花盛开，红艳美丽，哈尔滨用美好的新生活、昂扬的新时代向抗日英雄赵一曼致敬。

致敬黑土英魂

一曼街建于 1921 年，原名山街，东北起文庙街，西南至霁虹街，是联通哈尔滨道里、道外、太平区的主要干道。因为伪满警察厅的存在，1933—1945 年，这条街是禁止通行的。当时根本看不到普通行人，街面上一片死寂，楼内则是残害抗日志士的人间地狱。1946 年 7 月 7 日，哈尔滨市人民政府将山街改称一曼街。如今的一曼街，车流不息，人来人往。每年清明节前后，每天都会有上千人来到东北烈士纪念馆悼念革命英烈。今日一曼街的繁华热闹，让人更加感怀烈士、铭记历史。

全国的抗战是从"卢沟桥事变"开始的，而东北人民的抗战是从"九一八事变"开始的，其间漫长的 14 年抗战中，烈士的鲜血染红了松花江，染红了黑土地，我们怎能忘记！作为全国最早解放的大城市，哈尔滨的英雄史册更加厚重。走进纪念馆，仿佛踏入了一个历史的长廊，每一件展品都在无声地诉说着那段波澜壮阔的历史。

在东北抗日战争和解放战争时期烈士事迹陈列中，墙壁上贴满了烈士们的照片，展柜里都是烈士们的遗物，他们之中有军人、农民、工人、学生等。当外敌入侵、国家危亡之际，他们义无反顾地挺身而出，用鲜血捍卫了中国人的土地和尊严。在东北抗联这支英勇的队伍里，涌现出了许许多多可歌可泣的英雄人物和英雄事迹，有"人民英雄"杨靖宇、让日军闻风丧胆的赵尚志、写下《露营之歌》的李兆麟、壮烈投江的八女……东北抗日联军的八名女战士，面对日军的进攻，在弹尽粮绝的情况下，投入河水中壮烈牺牲，史称"八女投江"。在她们当中，年龄最大的冷云23岁，最小的王惠民才13岁！看着小烈士们天真单纯的照片，我不禁泪目。当时的她们还是孩子，但她们的英雄形象却永远高大无比！

还有嘎丽娅等英雄少年，用自己稚嫩的肩膀担起了抗战的重任。混血少女嘎丽娅（1928—1945）的美丽，透过黑白旧损的老照片，依然令人震撼。嘎丽娅生于黑龙江绥芬河，父亲是中国人，母亲是俄罗斯人。1945年8月，苏联红军在东北抗联配合下向驻扎在绥芬河的日军发起进攻，日军退守天长山要塞负隅顽抗，苏军久攻不下。由于要塞内还有很多无辜平民，出于人道主义考虑，苏军决定暂不使用重炮，而是派军使劝降。能讲中、日、俄三国语言的中俄混血少女嘎丽娅，作为翻译随同苏军军使赴要塞劝降，不幸被日军杀害，年仅17岁。

嘎丽娅

在纪念馆内,还有抗日英雄杨靖宇将军穿过的长衫、赵尚志同志用过的手枪、李兆麟将军牺牲时的衣物。场馆内还有小时候课文里的"董存瑞炸碉堡"的场景复原,当历史离我们这么近、这么近的时候,我忍不住热泪盈眶……

愿英魂永存!

东北烈士纪念馆是整个东北革命史的缩影,也是英雄的赞歌。在这里,每个人都能找到属于自己的那份感动。

东北烈士纪念馆更是一座精神的灯塔,它照亮了前行的道路,指引着一代又一代国人不断前进。

如果你有机会来到哈尔滨,一定要走进这座纪念馆,亲自感受这份震撼人心的力量。

第四野战军纪念馆，
双城堡往事

两位香港大学的教授来哈尔滨做学术交流，在学术会议上，其中一位生于20世纪80年代初的女教授分享了一个动人的故事。她说，她与哈尔滨有着特别的情感渊源，她的外公是第四野战军的老战士，曾经在哈尔滨的双城区参加了抗日战争，并在20世纪40年代末随第四野战军（四野）参加解放战争，之后南下至广州，最终定居香港。她的外公一直怀念他曾经战斗过的双城堡，怀念那些老领导、老战士，遗憾的是，直到去世前，他也没能再回到哈尔滨双城堡。在他们全家的心目中，哈尔滨双城堡是一个英雄的地方，更是他们的第二故乡。

会议结束后，我对这位女教授说："明天我带你们去双城堡吧，咱们一起去第四野战军纪念馆看看。"

先有双城堡，后有哈尔滨

双城堡，位于黑龙江省哈尔滨市西南部，原名双城子，与吉林省接壤，是满族文化的发源地之一。双城堡现在虽然隶属哈尔滨，是哈尔滨的一个区，但从建城时间来看，却是早于哈尔滨的。清朝初年，清政府为了加强对东北地区的统治，在双城堡设

中国人民解放军第四野战军纪念馆

双城堡为满洲文化的发源地之一,图为双城区内"满洲故里"牌楼

立了军事驻防地。随着满族人的迁移和定居,双城堡逐渐发展成为一个繁荣的城镇,有"南有辽阳府,北有双城堡"的说法。1909 年,设双城府。哈尔滨是随着中东铁路的建设发展起来的城市,1926 年,成立哈尔滨特别市。1946 年,设立哈尔滨市。所以,在双城堡民间,一直流传着"先有双城堡,后有哈尔滨"的说法。

从哈尔滨开车,行驶 40 多分钟,就到了双城堡。双城堡面积不大,但是可观可赏的景点不少,魁星楼、承旭门、双城堡火车站、状元湖、观音寺和第四野战军指挥部都坐落在这座小城。其中,双城堡火车站最为人所知。

双城堡火车站是国内少有的中式古典主义风格火车站,采用了中国传统的大屋顶形式,绿瓦黄墙、飞檐斗拱,是中东铁路的历史遗迹。据《双城县志》记载,双城堡火车站始建于 1899 年,初建为俄式风格,民国时,经中东铁路公司重新设计,改造成现在的中国古典宫殿式建筑。

老哈尔滨火车站于 1960 年拆除重建,双城堡火车站却一直保持着百年前的原貌。通观双城堡火车站建筑整体,两座风格迥异、主次分明的大殿东西相连,再加上 7 座相对独立又彼此相连的子建筑,整座火车站给人一种雄浑、大气、典雅、富丽之美。1948 年,由东北银行发行的东北地区流通券壹万圆钱票面上,就印上了双城堡火车站的图案,使这座具有独特中式风格的火车站更加闻名遐迩。

双城堡火车站不仅具有极高的艺术审美价值,还在抗日战争中扮演了重要角色。1932 年年初,东北军第 22 旅在双城堡火车站与日军激战,打响了保卫哈尔滨抗日战争的第一枪。因此,它

不仅是建筑艺术的瑰宝,也是历史的见证者。

四野指挥部旧址见证英雄足迹

第四野战军纪念馆所在地为全国重点文物保护单位——东北民主联军前线指挥部旧址,这也是我们一行 4 人到双城堡的最重要的目的地,是那位香港大学女教授心心念念的第二故乡。

走近纪念馆,我首先震惊于纪念馆建筑的宏伟壮观,这是一座非常气派的中式传统院落。大院始建于 1917 年,是原吉林省(当时黑龙江省东部属于吉林省)警察厅厅长张冀为其姨太太盖的一所私宅,占地面积 5760 平方米,是东北地区仅有的一座保存完好的地主庄园。

大院外围有两米高的青砖墙,院内共有青砖灰瓦木结构的硬山式房屋 35 间,分为东、西两院,中间有一个月亮门相通。1946 年 12 月,东北民主联军前线指挥部由哈尔滨进驻双城堡,驻扎于此地,直至 1948 年。遗址的东院为前线指挥部及后勤保卫人员居住,西院为通信枢纽处,有通向前线和各纵队的电台 12 部,展馆内复原了当时的工作场景,即使在今天,我们仍然可以想象当年军务繁忙的景象。东北民主联军的首长们,正是在这里成功指挥了著名的"三下江南、四保临江"战役和夏季、秋季、冬季攻势,从根本上扭转了东北战局,推动了解放战争的胜利。

展馆均是在原址上推出的陈列,包括"司令部旧址陈列""伙房旧址陈列""警卫班旧址陈列""通讯处旧址陈列""机要处旧址陈列""政治部旧址陈列""文物研究陈列室""史料研究陈列室"等,

05 博物馆·往事

第四野战军纪念馆旧址（组图）

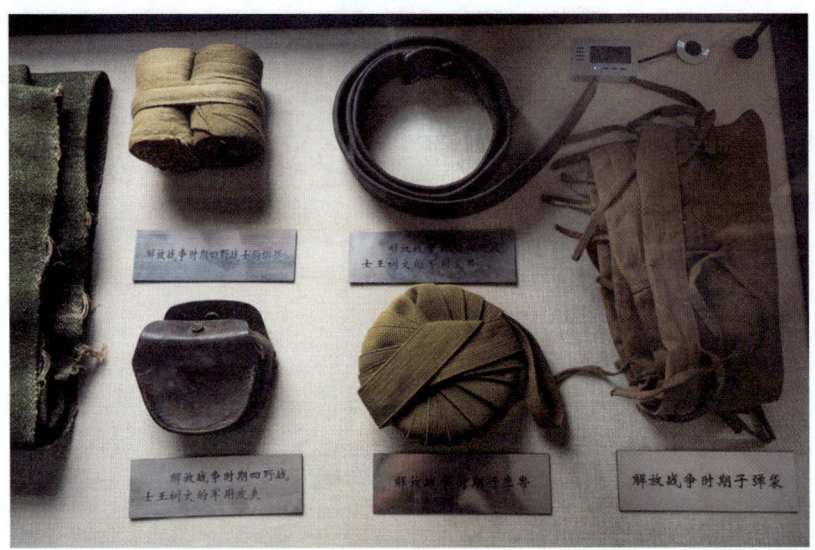

战士们用过的随身物品

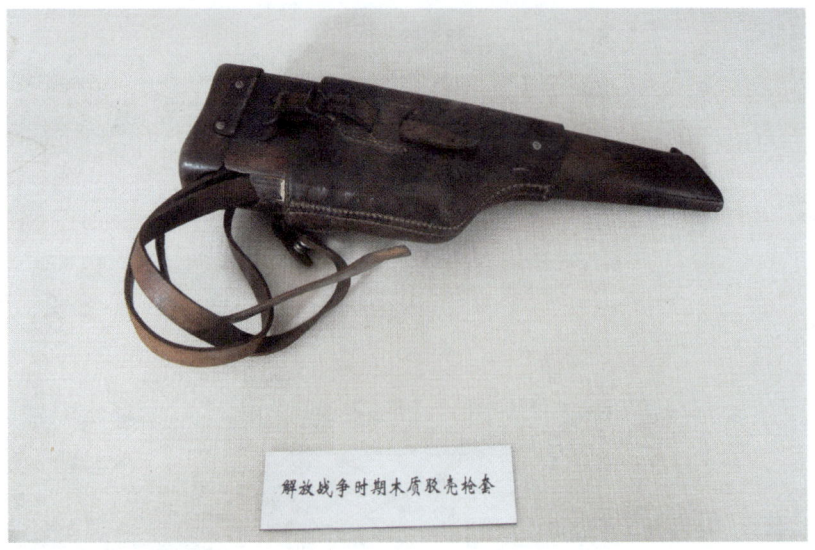

纪念馆中展出的解放战争时期的文物

1955年，四野少将李中权使用过的物品及相关作品展示

香港大学的女教授细细观览，在心中勾画着外公当年作为第四野战军的战士，接到从这里发出的指令并认真执行的场景。

最令我感动的是，当年的"革命军人证明书"和"革命军人立功喜报"在展馆中保存完好。可见这份沉甸甸的荣誉在战士们心中的分量，所以才能穿越时光，珍存至今。香港的女教授说，他们家里也珍藏着外公当年作为四野战士的相关文件、衣物和兵器，回到香港后，她会与母亲商量，将之也捐赠给四野纪念馆，希望外公心中激情燃烧的岁月能在今天继续火热延续。

铁血英魂，历史丰碑

第四野战军前线指挥部在双城堡的两年里，先后指挥大小战斗、战役 22 次，痛击国民党反动势力，为解放全东北，继而夺取全国的胜利作出了不可磨灭的卓越贡献。

一份撰写于 1948 年 6 月的《立功计划书》，最能体现第四野战军的英雄们实现祖国解放的决心。那是由八九团三营七连二排八班的 10 位战士共同撰写，郑重签名，并按下手印的神圣誓言，他们承诺：

战斗上
1. 上级给的大小战斗任务完成
2. 冲锋时候勇敢大胆沉着机动灵活精神的消灭敌人
3. 重伤不哭叫　轻伤不下火线
4. 捕掳十名以上获得武器步枪五枝（支）　自动式三枝（支）

克服困难上
1. 能克服艰苦行军及艰苦战斗不能屈服
2. 行军间有的同志困难的时候绝对帮助他
3. 战斗当是没饭吃没有水吸也不睡也不说怪话

巩固部队上
1. 互相尊重互相让步的保证团结
2. 朝鲜同志学习中国语中国同志学习朝鲜话互相帮助

群众工作上
1. 到什么地方也是对老百姓给宣传我军的主张
2. 严守群众纪律对老百姓的东西不要破坏也不打骂人
3. 到老百姓家经常扫院挑水

以上四大条件完全努力

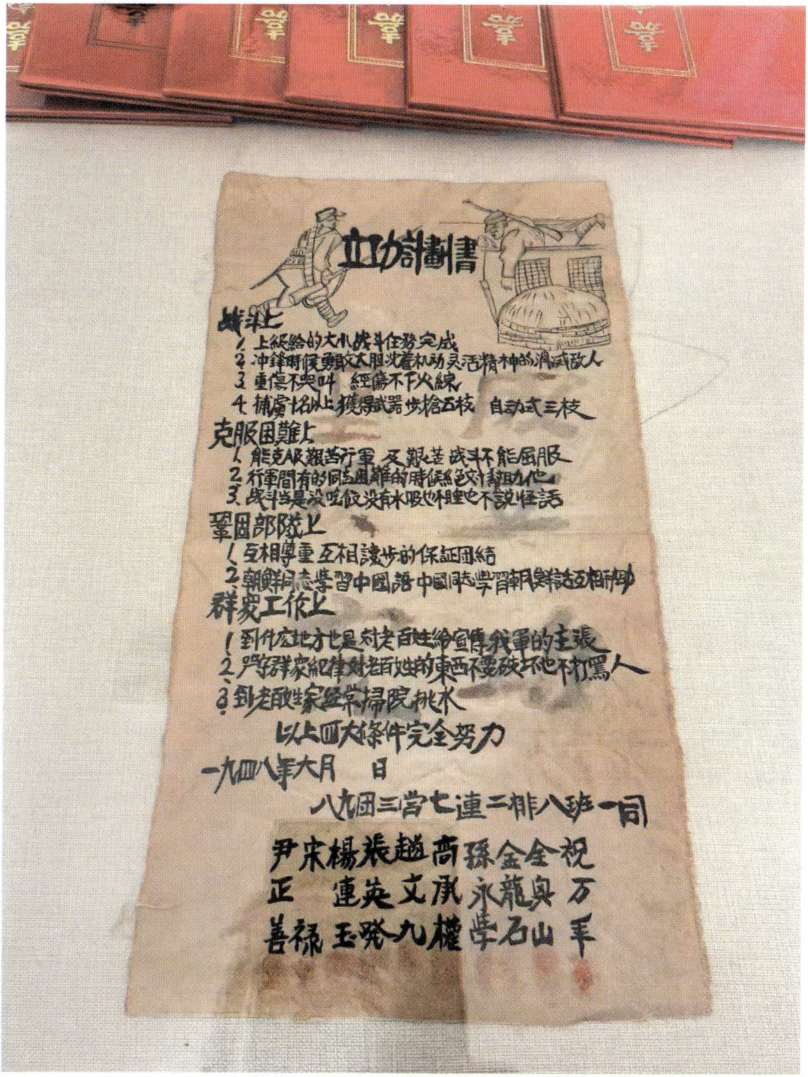
立功計劃書

戰斗上
1. 上級給的大小戰斗任務完成
2. 冲鋒時候勇敢大胆发着机动灵活精神的消滅敵人
3. 重傷不哭叫 經傷不下火線
4. 捕虜4名以上 獲得武器 步槍五枝 自動式三枝

克服困難上
1. 能克服艱苦行軍 及艱苦戰斗不能屈服
2. 行軍間有的同志困難的時候絕对幫助他
3. 戰斗當是沒吃飯沒有水喝也相睡也不說怪話

鞏固部隊上
1. 互相尊重 互相讓步的保証团結
2. 朝鮮同志學習中國語 中國同志學習朝鮮話互相帮助

群衆工作上
1. 到什麽地方也是对老百姓給宣傳我軍的主張
2. 严守群衆紀律对老百姓的東西不要破坏也不打罵人
3. 到老百姓家經常掃院挑水

以上四大條件完全努力

一九四八年六月 日

八九团三营七連二排八班一同

尹正善 宋禄 楊連玉 張英發 趙文九 高承權 孫永學 金龍石 全奥山 祝万年

立功计划书

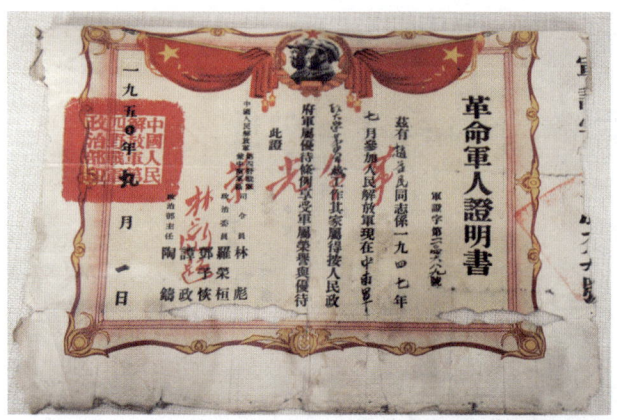

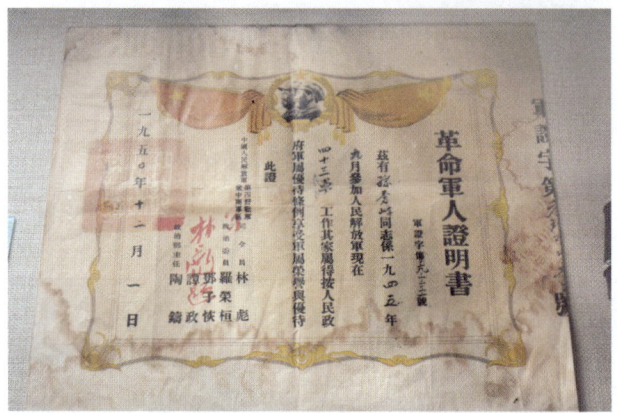

20世纪50年代的革命军人证明书与革命军人立功喜报（组图）

言辞之间，中国共产党领导军队的纪律性、战斗性、团结性，以及为人民服务的精神、解放祖国的决心和信心，都溢于言表，让人心生敬意！

1948年，辽沈战役打响后，第四野战军指挥机构离开双城堡，南下作战，为祖国解放立下汗马功劳。香港大学女教授的外公，正是在此时随军南下的。

展馆中的一封家书，让我泪目。那是一位叫赵永恩的四野战士，在海南岛解放前夕写给自己老母亲的信。信中，他怕母亲担心，特意写到了自己"去年"一年没有往家里写信的原因。因为在随军南下的途中，他们不断"追灭蒋白残匪，昼夜行军，无有功夫往家寄信"。"经大陆解放"，他们这支队伍依然没有松懈，在"广州湾湛江市练兵"，其间他曾修家书一封，也知道家里收到了自己的信，非常高兴，特意许诺母亲说，"儿把海南岛任务完成，儿必定照全身像（相）片邮到家里给母亲看"。家与国，是这位

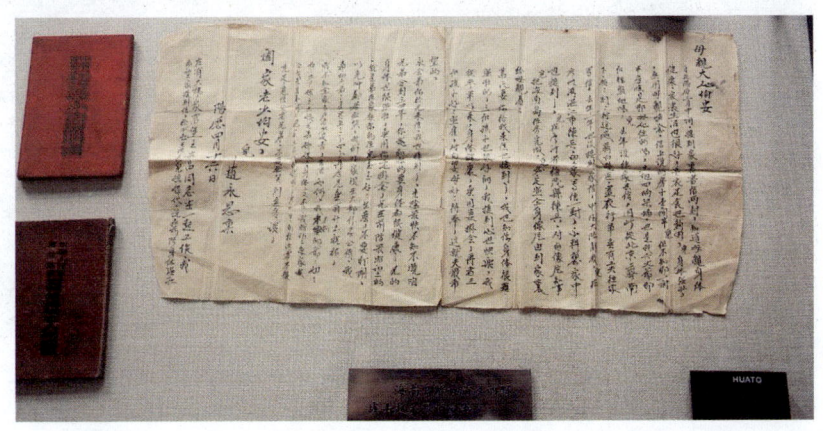

海南岛解放前夕，战士赵永恩写的家书

年轻战士都要坚决守护的。这是每一位从北到南,转战整个中国,不畏艰险、不畏牺牲的四野战士的写照。

据统计,"四野"先后诞生了521位高级将领,曾涌现出渡海英雄团、铁塔英雄等光辉群体和董存瑞等一大批英雄战士。

1998年10月1日,第四野战军纪念馆在东北民主联军前线

双城魁星楼

指挥部旧址中建成开放,成为爱国主义教育的重要基地。

在纪念馆内,一群党员正庄严地诵读着入党誓词,铿锵有力的声音在整个纪念馆中回荡,这誓言与当年第四野战军将士们的承诺遥相呼应。这座曾历经抗日战争与解放战争洗礼的双城堡,正以它坚实的脚步迈向幸福与安宁,并迎接更加美好的未来。

魁星楼前,家长们满怀期望地在木牌上写下孩子心仪大学的名称,祈愿他们能受到魁星的庇佑,在未来的考试中取得佳绩;而在双城堡火车站,摄影爱好者们手持各式相机,捕捉着这座老站的魅力瞬间;状元湖畔,湖水波光粼粼,景色宜人。我们还特地探访了当地著名的兰陵杀猪菜馆,品尝了蒜泥白肉、护心肉、拆骨肉、大肠灌肉、尖椒护心肉、手掰肝和酸菜锅等。

双城堡的往事,令人肃然起敬。而它的今天与明天,则是向着更加幸福美好的生活不断迈进,一步步向前、向前!

金上京历史博物馆，
金源文化的标签

博物馆是一座城市的文脉与根基，也是连通历史与未来的载体。黑龙江省哈尔滨市阿城区的金上京历史博物馆，静静地讲述着女真人的民族故事。但凡从外地来到哈尔滨的朋友，只要时间允许，我一定会带朋友去金上京历史博物馆，去触摸那段黑土地上激昂岁月的脉搏。

金上京历史博物馆用其独特的建筑语言，述说着金代历史。整个建筑根据金人尚白的习俗，用福建剁斧石挂面，庄重大气。建筑总体布局，采用"口"字形平面，利用建筑围合形成庭院，造型坚固稳重，给人以战时要塞的感觉。庭院西侧中间为高达18米的主体建筑中军帐，壮观而有气势，设计创意来自女真勇士的头盔与女真人居住的毡帐。庭院西侧和北侧为主展厅，东侧为办公楼，南侧为晁楣艺术馆、粘氏石器馆、中华龙纹铜镜馆、舒群纪念馆等四个副馆。博物馆对面，是900年前金代第一都城——会宁府遗址，馆舍向西200米是金代开国皇帝完颜阿骨打陵墓，如今这里已被辟为太祖陵园。上京会宁府遗址、金上京历史博物馆、金太祖陵园，三者相连，形成有机组合的博物馆群落。在这里，每一件展品都是一个故事，每一幅画面都是一段回忆，人们在这里可以近距离接触历史，感受金源文化的厚重与深邃。

金上京历史博物馆就像是一个时间的容器，里面装满女真族的历史记忆

那些金戈铁马的往事

金上京博物馆前立着两位女真英雄完颜阿骨打和完颜宗翰塑像,皆是戎装立马,威风凛凛,让我想起南宋著名词人辛弃疾的词"金戈铁马,气吞万里如虎"。大门入口通向庭院的必经之路,有五组高大的"刀枪架",像两排刀斧手一样威风凛凛地屹立着,寓意着金朝的建立依靠的是女真族人的骁勇善战。

走进博物馆,大厅地下绘制的金朝极盛时期的版图震惊了我,它的疆域东北到今天的日本海、鄂霍次克海、外兴安岭,西北到今蒙古国,西以河套、陕西横山、甘肃东部与西夏接界,南以秦岭、淮河与南宋接界。游人可以站在金朝的版图上,感受它的幅员辽阔,同时观看博物馆的金王朝视频简介。视频还原了女真人生活的历史场景,生动地讲述了女真人建立金王朝的种种过往。

白山兮高高,黑水兮滔滔。辽阔的白山黑水哺育了女真民族。"女真",古史上别称朱里真、女贞、女直,后称满族,源自3000多年前的肃慎,是我国古代东北方的民族。到北宋末年,1115年,完颜阿骨打统一女真各部,建都于会宁,就是今天的阿城区南。此地有阿什河清澈流淌,宜于人居。阿什河古称"按出虎水","按出虎"在女真语中是"金"的意思。完颜阿骨打认为金子永不败坏,故立国号大金。直到1234年,在蒙古和南宋的联合进攻下,大金国灭亡,金朝共历10帝,前后120年。

在曾经的大金朝都城遗址旁边,建成了今天的金上京历史博物馆。一件件文物静静地躺在玻璃柜中,每一件背后都藏着一段历史,那是金朝兴盛时期的缩影,也是女真族智慧与才华的印证。

05 博物馆·往事

完颜阿骨打塑像

295

完颜宗翰塑像

让我印象深刻的是承安宝货银币,那是金章宗承安二年至五年(1197—1200)所铸货币,是中国货币发展史上第一次以白银铸成的法定货币。展馆中与军事有关的展品颇多,锋利的刀剑、坚固的盔甲,不禁让人想起金朝的强大,我们仿佛能看到女真勇士们驰骋疆场的身影,听到他们冲锋陷阵时的呐喊声。这些刀剑与铠甲,亲历了金朝军队如何从弱小逐渐壮大,最终成为一支不可忽视的力量。

铜坐龙是金朝最有代表性的文物之一,现藏于黑龙江省博物馆,金上京博物馆内的是复制品。这件文物是金代皇帝御辇上的饰物,1965 年出土于阿城金上京故城西垣残墙之下,属于国家一级文物。铜坐龙呈坐姿,左前肢高举,与左后肢间有腾云相连。龙首微扬,张口吟啸,姿态既动感又庄重,展现出雄姿威武的一

铜坐龙(复制品)

面。在造型上，铜坐龙集龙、麒麟、狮、犬的形象和特点于一身，设计构思精妙，雕塑水平高超。这一文物不仅具有极高的艺术价值，还反映了金代皇室的艺术审美和制作水平，是研究金代历史文化的重要实物证据。

金朝的文学同样名家辈出，文字中多有铮铮金戈铁马之音。代表性的人物之一便是金代第4任皇帝完颜亮。完颜亮精通汉学，颇有文才，且野心勃勃。在他做藩王时，曾为人题写扇面，其中有"大柄若在手，清风满天下"之句，表现出他远大的志向。有一次，他进入妻子的居室，见到瓶中木樨花灿烂绽放，便提笔咏道："绿叶枝头金缕装，秋深自有别般香。一朝扬汝名天下，也学君王著赭黄。"表达了他对权力和荣耀的渴望。他决定南征并了解临安风物时，以诗言志："万里车书一混同，江南岂有别疆封？提兵百万西湖上，立马吴山第一峰！"这首诗充分展现了他雄心勃勃的气势和豪迈的气概。当时的评论认为，完颜亮"一吟一咏，冠绝当时"。

全上京历史博物馆中还有专门的展区讲述金朝与周边民族的交往。那些来自不同文化背景的展品并列摆放，彼此交融，共同构建了一个多元包容的世界。这不仅仅是一个王朝的历史，更是一个民族与世界对话的过程。

海东青传奇

女真人爱海东青、崇敬海东青，与海东青有着不解之缘。海东青善捕水禽、小兽，使其成为渔猎民族女真人的好帮手。《本

草纲目》中记载:"雕出辽东,最俊者谓之海东青。"海东青学名矛隼,又称鹘鹰、海青,被誉为"万鹰之神",从3000年前古肃慎时期,就被视为最高图腾。在神话中,海东青是一个浑身燃烧着巨大光、火和热,挥舞着硕大翅膀永不停歇、永远怒翅飞翔的鹰神形象。唐代大诗人李白曾有诗:"翩翩舞广袖,似鸟海东来。"

海东青体形虽小,飞行速度却极快,能在空中用双爪抓住天鹅、大雁的脖子,嘴叼其头,从高空直接按到地下。在女真人的心目中,海东青是最崇高、最神圣的英雄。在金上京历史博物馆,我看到了各种各样的海东青造型,有海东青绘画、陶雕海东青、玉雕海东青等。在女真人的衣饰、宝剑上,更是常常会见到海东青。据《金史》记载,金朝的束带"多如春水秋山之饰",所谓的春山、秋山,指的是腰带的带饰"春水玉""秋水玉"。博物馆展柜中的春水玉,特别吸引我的目光。春水玉一般采用透雕的形式来展现海东青捕天鹅的场景:一种是海东青扑落在天鹅身上,猛啄其头颈,天鹅引颈拼命挣扎;另一种是海东青向下俯冲,天鹅猛扎于水草之中藏匿。

海东青的神勇,使得当时各国争相抢夺,甚至转变了历史方向。因为天鹅食蚌,蚌的嗉囊(sù náng)中常有珍珠,辽国为了向宋出口珍贵的东珠,向其统治的女真族强势索要海东青,加剧了辽与女真之间的矛盾。海东青因此成为战争的导火索之一,最终导致女真族崛起,并推翻了辽国统治。

女真人的民族精神充满豪气,遥想当年,他们势如破竹,腾飞于白山黑水之间,犹如海东青搏击长空,开辟了辽阔的疆域。

海东青标本（组图）

镜里乾坤日月长

"鉴入佳镜"铜镜展是金上京历史博物馆的特色收藏，不论是命名还是布展，都让人眼前一亮。馆内收藏了从战国到明清时期的565面铜镜，其中，金代铜镜数量最多。作为古人照面之具，铜镜集实用、文化、审美于一体。一面小小的铜镜，不仅照见历史，也照见历史中那些如烟往事。我每次去，都会细细欣赏、品味。

鱼纹镜是金代铜镜中铸量较多、流传较广的一种。女真人以渔猎为生，在鱼身上寄寓了多子多福、部族兴旺的美好寓意。镇馆之宝双鲤鱼铜镜是1964年在阿城出土的，铜镜直径达43厘米，重12.4千克，是中国已出土的最大圆形铜镜，被誉为"中国圆形铜镜之王"。双鲤鱼铜镜的背面刻画了两条鲤鱼绕钮追逐、漫游觅食、逐浪嬉戏的情景，鱼儿的姿态生动活泼。这面铜镜不仅展示了高超的铸造技艺，还体现了金代文化的独特魅力。

鱼龙变化镜则凝聚了鲤鱼跃龙门的吉祥，镜背龙首鱼身，呈"C"字形绕钮盘曲。"鱼龙"身躯周围满饰海水纹。"鱼龙"为想象出来的集龙头、鹿角、鱼身、凤翼、麒麟尾等特征于一身的神物。鱼龙变化镜构思新巧绝妙，体现了鱼跃化龙的人生梦想。

柳毅传书故事镜则用一方小小的铜镜，讲了柳毅传书的故事，洞庭湖龙王的女儿在夫家遭受虐待，牧羊于野外，途中巧遇书生柳毅，龙女向他诉说不幸，请他传书给娘家，柳毅欣然应允。后来龙女被接回龙宫，并与柳毅结为夫妻。此镜表现的正是龙女在郊野向柳毅诉说不幸的场景。

这里还有童子镜、狩猎镜、秘戏镜、航海镜、鸾兽葡萄镜、

双鲤鱼铜镜

鱼龙变化镜

草莓镜、龙纹镜、海水行舟镜等金代家庭常用镜和萨满教用作法器的铜镜,古诗《木兰辞》中就有"当窗理云鬓,对镜帖花黄"的诗句。看见铜镜,难免想到曾经用这些美丽的铜镜每天鉴照的美人,佳人已逝,佳镜犹存!铜镜作为古人的日常生活用品,早已完成了它的历史使命,但是它所承载的社会风俗、思想意识、工艺美学和人们对生活的热爱,已无声地沉淀在方寸之间。

金上京历史博物馆就像是一个时间的容器,里面装满女真族的历史记忆。沧海桑田,女真人当年生活用的陶罐、银盘、祭祀的香炉,可供梳妆的鲤鱼镜,以及象征权力的印玺皆依旧,他们曾经的热望、期待和真爱,也保留在博物馆中。金上京历史博物馆就是女真族历史的守护者,女真人的勇敢与荣耀,在这片土地上得到了永恒的铭记。

葵边双龙纹铜镜

双龙纹古铜镜

05 博物馆·往事

菱花边单龙纹铜镜

06

美食·时光

东北美食,不仅满足了人们的口腹之欲,更是一种情感的传递,让人们在品尝美味的同时,沉浸于人间的烟火气息与家的温暖……

锅包肉、铁锅炖、烤鹅蛋：
这些美食最东北！

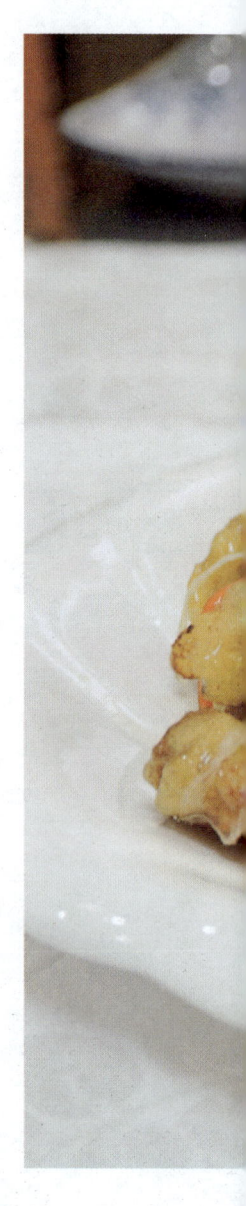

品读一座城市，不仅仅是漫步街头那么简单，而是要全方位地调动感官——视觉、听觉、嗅觉、味觉和触觉，甚至是心灵的感受，这样才能真正领略这座城市的风情，读懂其背后的故事。

哈尔滨，这座拥有浓厚异域风情的城市，不仅以其壮丽的冰雪景观吸引着来自世界各地的游客，更是以其独特的美食文化令人难以忘怀。锅包肉、铁锅炖、烤鹅蛋等地方特色菜肴不仅是味蕾上的享受，更蕴含着深厚的文化底蕴和民俗风情。想要深入了解哈尔滨，味觉的参与能够帮助你更好地感受这座城市的魅力。

锅包肉：金黄的酸甜诱惑

锅包肉作为哈尔滨的一道标志性美食，其历史可追溯至清朝光绪年间。起初名为"锅爆肉"，由哈尔滨道台府府尹杜学瀛的厨师郑兴文

06　美食·时光

锅包肉

所创。1907年,郑兴文成为哈尔滨滨江道衙门的官厨,为道台杜学瀛准备膳食。为了迎合经常光顾道台府的外国宾客,尤其是俄罗斯客人的口味偏好,杜学瀛要求厨师们调整菜肴风味。郑兴文因此将原本咸鲜口味的"焦烧肉条"改良为酸甜口味的菜肴,从而诞生了今天我们所熟知的锅包肉。2022年,哈尔滨锅包肉入选国家《地标美食名录》,成为哈尔滨美食文化的代表。

  锅包肉的制作工艺十分讲究:猪里脊肉切片,用料酒、盐腌制后裹上淀粉,和淀粉液的时候往往会放一滴香油提味儿,油炸至金黄色捞出,再复炸,经过复炸后的肉片才会格外酥脆。炸好肉片后,锅中放白糖、米醋,中小火熬至汤汁浓稠,再加入调味、配色的材料与炸好的肉片一起翻炒,使肉片挂上汤汁。这样,外皮酥脆、内里柔嫩多汁,色泽金黄诱人,味道酸甜适中的锅包肉就做好了。一口下去,先是一声酥脆地响,再是酸甜混着焦香味儿充满口鼻,细细咀嚼,多汁的里脊火候也正好,越嚼越香。

  这道菜一经推出,就从味蕾上打破了文化壁垒,不仅受到外国友人的喜爱,也给哈尔滨本地食客添上了一道下馆子必点的菜肴。时至今日,一家炒菜馆子的锅包肉的好坏,是老哈尔滨人评判其正宗与否的关键依据。有些店家还创新地做出青柠口味、菠萝口味的锅包肉,让人耳目一新。

  对我而言,锅包肉不仅仅是一道美食,更是一种情感的寄托,承载着我对童年的美好回忆。记得在我10岁那年,父亲带着我和两个妹妹到哈尔滨游玩。我们游览了江边、防洪胜利纪念塔、太阳岛等景点,各式各样的外国建筑让我第一次有了"目不暇接"的感觉。玩了一整天之后,父亲带我们去下馆子,点了锅包肉。

06 美食·时光

炸锅包肉（组图）

那是我第一次品尝到这道菜,一口咬下去,那独特的口感和浓郁的味道让我瞬间爱上了它。自此以后,锅包肉成了我最喜爱的菜肴之一。

铁锅炖:温暖人心的烟火气

正如火锅可以涮尽天下美味,哈尔滨的铁锅同样能炖煮出人间百味。

哈尔滨因漫长的寒冬而闻名,零下二三十摄氏度的气温在这里是家常便饭,因此这座城市被誉为"冰城"。每当雪花纷飞、北风呼啸之时,冰城的人们便会与家人或朋友围坐在热气腾腾的大铁锅旁,共同享用这道经典的东北硬菜——铁锅炖。

铁锅炖的历史可以追溯到很久以前,最初它是东北农村家庭冬季取暖和烹饪的一种方式。在我小时候,家里做饭使用的是炉子,炉子与火炕相连,既能做饭又能取暖。那时,妈妈会在火炉上用铁锅慢慢炖煮各种食材,如土豆、白菜、豆角、茄子、玉米等,家里有什么就炖什么,还会在锅边贴上一圈玉米饼子。我最喜欢吃的就是大锅贴的玉米饼子,妈妈通常会用豆面和玉米面混合制作,一口咬下去,既有甜味又有豆面特有的香气。在物资匮乏、物流不

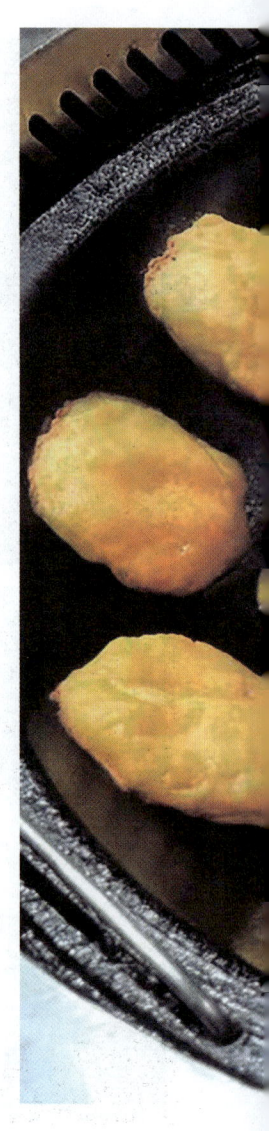

铁锅炖

铁锅炖鱼

便的年代,每到冬季,东北人依靠腌制酸菜以及储存土豆、萝卜和白菜等方式度过寒冷的季节。过年时,东北人会杀年猪,将宰杀的猪肉和骨头在锅中炖煮至八分熟,然后加入酸菜、血肠继续炖煮,炖到一定时候,将五花肉捞出来切成薄片,蘸着蒜泥食用,那种香味让人难以忘怀,再来一口酸菜汤,幸福感油然而生。

随着时间的推移,铁锅炖逐渐演变成一种独特的烹饪方法,并成为东北饮食文化的重要组成部分。无论是哪种食材,只要放入铁锅中炖煮,都能激发出美妙的滋味,得莫利炖鱼、铁锅炖大鹅、鱼羊一锅鲜、小鸡炖土豆蘑菇等都是铁锅炖的经典佳作。

铁锅炖鱼是许多人的心头好。鱼是现场挑的,喜欢哪条选哪条,选好后现场收拾,最能保留鱼的鲜美味道。选鱼的时候就在锅底点燃柴火,热锅热油,葱姜蒜和大酱爆香后,将收拾好的鱼放入锅中炖煮,同时加入大块的豆腐、白菜、粉条,再将揉好的玉米面团轻轻地贴在锅边,盖上木盖。掌握好时间和火候至关重要,中间要适时添加柴火。大约35分钟后,揭开锅盖,一股鲜香扑鼻而来。地道的吃法是先喝一碗鱼汤,可以在碗底预先放入葱花和香菜,然后倒入鱼汤,这样味道更为鲜美。长时间的焖炖,让汤汁完全渗透进鱼肉的每一个细胞,使得鱼肉紧致而富有弹性;锅里的豆腐吸收了浓郁的汤汁,变得格外鲜美;粉条则变得软糯滑顺,令人回味无穷。

在哈尔滨的街头巷尾,铁锅炖不仅是一种烹饪方式,更是一种生活方式。一家人围坐在一起,共享一锅热腾腾的铁锅炖,那种温馨与幸福是难以用言语表达的。铁锅炖不仅仅是一种美食,更是东北人民热爱生活和重视家庭的体现。

烤鹅蛋：自然馈赠的珍馐

哈尔滨人的骨子里流淌着自由与不羁的精神，他们渴望突破长久寒冷冬天的束缚，走出去探索世界。这种对自由的向往也体现在哈尔滨的饮食文化上，哈尔滨人创造了许多适合户外食用的美食，烤鹅蛋便是其中最具特色的一种。

东北地区以其广阔的草原和丰富的自然资源而著称，养殖业十分发达。烤鹅蛋的原料选自东北农村散养的新鲜鹅蛋。鹅蛋富含多种维生素和矿物质，采用传统古法工艺，先卤后烤，营养丰富，且入味可口。在哈尔滨，人们将鹅蛋直接放置于炭火之上烤制，使其外皮变得焦香，而内部则保持了蛋黄的鲜美和蛋白的嫩滑。剥开烤鹅蛋，金黄的蛋黄与洁白的蛋白相互映衬，口感细腻且层次分明。这种简单而原始的烹饪方式最大限度地保留了鹅蛋的原汁原味。

每当我前往萧红故居游览或是在呼兰河口休闲时，总不忘品尝烤鹅蛋。呼口大桥附近有多家售卖烤鹅蛋的小摊，刚出炉的烤鹅蛋，味道真是令人惊艳，格外香浓美味！

烤鹅蛋的炉子通常还会烤制土豆、地瓜、玉米和鸡蛋等食材。刚刚烤好的土豆蘸着酱料食用，也是一种让人难以抗拒的美味。

哈尔滨的这些东北特色美食，不仅仅是一场味觉上的盛宴，更是一次深入探索东北民俗文化的旅程。无论是锅包肉那酸甜可口的独特风味，铁锅炖所带来的淳朴与暖意，还是烤鹅蛋那份自然纯粹的美好，都能让人感受到哈尔滨这座城市独有的魅力。这些东北美食，不仅满足了人们的口腹之欲，更是一种情感的传递，让人们在品尝美味的同时，沉浸于人间的烟火气息与家的温暖……

06　美食·时光

烤鹅蛋

我在哈尔滨等你

列巴、红肠、酸黄瓜的绝妙搭配

如果想一秒读懂哈尔滨，到了哈尔滨的第一顿饭，就来份列巴、红肠、酸黄瓜吧！列巴的天然麦香、红肠的香浓口味和酸黄瓜的清冽之酸，会在你的口腔中形成一种奇妙的感受。这味道，会让你一下就 get（感受到）哈尔滨的风情，那是一种散发着艺术气息的浪漫，是渗透着文学、音乐、建筑美学的欧陆情调，更在这种特别的味道中混杂着一丝亲切的感觉。

列巴、红肠、酸黄瓜，如果你一到哈尔滨就吃到了，那你就真正来到了哈尔滨。

面包像锅盖？

外地人戏称哈尔滨有三大怪："男人喝酒似灌溉，冬天都吃大冰块，面包像个大锅盖。"哈尔滨男人没事儿就好喝口啤酒，用啤酒来联结人与人之间的情感；哈尔滨人不分男女，数九寒天还在大街上吃冰棍；"面包像个大锅盖"，指的就是哈尔滨的列巴，也就是俄语"面包"的意思。因为个头大，所以称之为大列巴。大到什么程度呢？

体积比篮球还要大一圈，标准直径 23—26 厘米，厚度也在 16 厘米以上，拎在手里沉甸甸的，有 4 斤重。

列巴的特点，就是又大又硬。它不像一般的面包那样蓬发松软，而是有着硬硬的外壳。我看过一个俄罗斯小哥介绍大列巴的视频，他用列巴磨刀、砸核桃、钉钉子，通过这一系列操作，列巴都完胜！

列巴是用全麦和高筋面粉制作的，用特制的液体啤酒花酵母，经过三次发酵后，再用大兴安岭的椴木、柞木等硬杂木作燃料进行烘烤。这样烤出来的列巴外皮硬且艮，内芯紧实，每吃一口，都能感受到麦香、酒香、盐香、果木香、乳酸香，口感丰富。

凡是第一次看到大列巴，摸着那么硬硬的面包壳，看着那么大大的一个面包，都会觉得没有办法下嘴。大列巴该怎么吃呢？

蒸软：将大列巴切片后放入蒸锅中蒸几分钟，使其变得柔软。

烘烤：在烤箱中稍微加热，让表面变得酥脆，内部保持柔软。

切片涂抹：将列巴切片后涂抹黄油、果酱或奶酪等。

我喜欢空嘴吃蒸得软软的大列巴，拿起一片蒸软的列巴，它在手中微微发热，淡淡的咸香味蒸腾出来，仿佛刚刚从遥远的西伯利亚穿越而来，带来了那片土地上的故事与风情。咬一口，慢慢咀嚼，从味蕾上贴近百年间每一个第一次吃大列巴的中国人，多层次的味道仿佛在口腔中奏起交响乐。

列巴是随着中东铁路的建设来到哈尔滨的，已成为哈尔滨的代表美食之一。作家萧红和萧军，曾经在哈尔滨同居过一段时间，当时他们整天为了能吃饱和不挨冻而奔波忙碌。萧红后来述写在哈尔滨这段时光时，忧伤的文字中充满了对冬天、雪、冷和饿的描写。在萧红的生活中，"黑'列巴'和白盐，许多日子成了我们唯一的生命线"（萧红《"黑列巴"和白盐》）。卖廉价面包的小贩会提着大大的篮子,每天早晨来到他们住的欧罗巴旅店。在《提篮者》(悄吟,1937年1月31日大连《泰东日报》副刊)一文中,萧红说:"提篮人,他的大篮子,长形面包,圆面包……每天早晨他带来诱人的麦香,等在过道。我数着……三个,五个,十个……把所有的铜板给了他。一块黑面包摆在桌子上。"列巴含糖、盐、脂肪都很低,但是饱腹感特别强,早餐吃2片,到中午都不会觉得饿。列巴还非常耐储存,保质期要比一般的面包长得多,也因此一进入中国,就成为很多中国人喜欢的食物。

大列巴在哈尔滨已有百余年的历史,它早已超越食物本身,成为哈尔滨历史和文化的一部分。哈尔滨就像这大列巴,初见时以为是憨憨的锅盖,品尝后便会深陷其中,是一种让人很难忘怀的味道。

大列巴

红肠的诱惑

冬天到哈尔滨中央大街去玩,烤红薯、冰糖葫芦,以及一串串烤得香气四溢的哈尔滨红肠最是吸引人。

百年前,大量俄罗斯移民来到哈尔滨,带来了他们的饮食习惯和制作工艺,其中就包括制作红肠的技术。早在1919年,秋林公司就在道里商务街(现花圃街)开办了灌肠厂,在当时人们还不知道什么是西餐的时候,秋林洋行的俄式红肠就走上了高档餐桌,这种美食给了俄侨一种精神上的安慰和共鸣。

哈尔滨红肠通常采用优质的猪肉作为原料,加入适量的淀粉、香料和调味品,经过搅拌、灌肠、烘烤和熏制等多道工序精心制作而成。其色泽鲜红,外皮紧致有弹性,内里肉质细腻多汁,口感鲜美且富有层次感。无论是直接食用还是搭配啤酒,都是极佳的选择。

更棒的是,红肠带来的是一种生活方式的革命。百年间,在哈尔滨留下的无数老照片中,常能看到人们在松花江边野餐,他们带着红肠、列巴,吹着江风,吃着美味,晒着太阳,好不惬意;还有在太阳岛的沙滩上,三三两两的游人,带着红肠、列巴、啤酒,弹着吉他,唱着歌。方便的食物,解放了人们制作食物需要消耗的时间和精力,能去做更多自己喜欢的、愉悦的事儿。

哈尔滨的街头巷尾,随处可见售卖红肠的小店或者流动摊贩。特别是在冬季寒风凛冽的时候,手握一根热腾腾的烤肠,那种温暖的感觉瞬间驱散了寒冷,带来了一种难以言喻的幸福感。

老照片中的哈尔滨（组图）

红肠（组图）

酸黄瓜是绝妙的配菜

酸黄瓜是通过发酵或腌制的小黄瓜，口感酸脆，能很好地中和肉类的油腻感，是俄式西餐中的佐餐佳品。列巴配红肠和酸黄瓜，那味道是很经典的。将列巴切片并蒸软，或烤至微脆涂抹一层黄油，然后放上红肠片和酸黄瓜片，咬一口，体验味觉上丰富的层次感。那感觉之中，有品位、有回味、有疑问、有尝试，更有欢喜和接受。

这感觉，很哈尔滨。

除了上述经典搭配，你还可以尝试以下几种创意吃法。

酸黄瓜炒红肠：把红肠和酸黄瓜切片；锅中放油，加入葱、姜、蒜爆香，再加入红肠和酸黄瓜翻炒，加入适量的盐、糖调味，快速翻炒均匀后出锅。

红肠大列巴酸黄瓜布丁：将大列巴、红肠、洋葱、酸黄瓜切丁；在锅中融化黄油，炒香红肠丁和洋葱丁，加入蘑菇翻炒；准备一个深碗，将炒好的食材倒入，加入打散的鸡蛋液，撒上奶酪丝；放入预热的烤箱中，以180℃烤约20分钟，直到表面金黄为止。

红肠拍酸黄瓜：酸黄瓜拍碎切段，红肠切片，加入蒜末、醋、生抽、香油和盐拌匀即可食用。

在伏尔加庄园的餐厅里，用冰冻成的杯子喝伏特加，佐酒的菜品，正是红肠和酸黄瓜。

很多人不满足于市面上买到的酸黄瓜，而是在自家腌制。作家阿成是老哈尔滨人，一次他在黑龙江省图书馆的讲座中，还提

酸黄瓜（组图）

到了自家腌制的酸黄瓜的做法：挑选用来腌制的黄瓜，要挑那种白色的、品相好的，开水烧25斤，放上蒜头、茴香、辣根、香叶、胡椒、青椒，一层黄瓜撒一层料，然后用盐水冲下去，放到缸里，找个大的好石头压上，三两天就好了。

品尝了一座城市最有代表性的美味，才是真正了解、爱上这座城市的开始。列巴、红肠、酸黄瓜，都不仅仅是一种美食，而是哈尔滨这座城市的一种味道。每一个品尝过它们的人，都会形成一种难以忘怀的记忆，无论走到哪里，都会时时回忆起那份来自北国的温暖，让人不禁想要再次踏上哈尔滨这片黑土地，去寻找那份熟悉而又亲切的感觉。

百年西餐厅：
穿越时光绽放的味蕾

20世纪40年代的某一天，哈尔滨江畔西餐厅，一位俄罗斯美女静静地凝视着松花江，若有所思。她面前的餐桌上摆放着咖啡杯和奶壶，手中正翻阅着一本图文并茂的杂志，这些简单的物品构成了美好的下午茶时光。她优雅的皮包和精致的穿着，无不透露出她的高雅品位和内心世界的丰富。

2022年，一位白发苍苍的外国老人走进了位于哈尔滨中央大街的塔道斯西餐厅。餐后，她在留言簿上写道："我出生在哈尔滨，后来去了加拿大。小时候，父母常常带我来塔道斯享用西餐。离开哈尔滨已经50多年了，我一直想回来。今天，在中央大街上看到了塔道斯西餐厅，我毫不犹豫地走了进来。熟悉的环境、熟悉的味道，仿佛又回到了那个无忧无虑的童年时光……"

这两个场景中的主人公，分别是我在老照片、餐厅留言簿等资料中发现的，它们展现了哈尔滨与西餐之间深厚的联系。这种联系不仅仅是一种生活方式，更是一种人生态度，它穿越时光，绽放出历久弥新的味蕾记忆。

20 世纪 40 年代，在江畔餐厅喝咖啡的俄罗斯美女

西餐厅是侨民的精神故乡

一个人无论生活在哪个国度,他的生活方式、他的灵魂,始终有一部分停留在他故乡的风俗中。

随着中东铁路的建成,哈尔滨逐渐成为东西方文化交流的交汇点。来自世界各国的移民带来了他们的生活方式和饮食文化,这其中就包括那些充满异国情调的西餐厅,如塔道斯西餐厅、华梅西餐厅、波特曼西餐厅、马迭尔西餐厅、铁道俱乐部西餐厅等。侨民们保留着自己的饮食习惯,用味蕾表达着对故乡的思念。走进这些历史悠久的西餐厅,仿佛步入一个时空隧道,每一道菜、每一处装饰都在诉说着过去的故事。那些巴洛克风格的窗棂和石膏线、光华璀璨的吊灯、雕饰美丽的桌椅、欧式风格的摆件、墙上百年前的老照片以及悠扬的古典音乐,无不让人感受到一种穿越时空的魔力。

哈尔滨是一个厚道的、包容的、很有人情味儿的城市,在百年前动荡的国际局势中,给了很多侨民一个安定的家。这些百年西餐厅,记录了哈尔滨人和侨民的友谊。建于1925年的华梅西餐厅,与上海雅克红房子西餐厅、北京马克西姆餐厅、天津起士林大饭店并称为中国四大西餐厅。华梅西餐厅主要经营俄式大菜,兼营法意式菜系,建筑和饮食风格被认为是富有浓郁特色的哈尔滨文化的主要标志之一。中华人民共和国成立后,华梅西餐厅一直承担着为侨民提供食物的任务。那时每天早上,华梅西餐厅的门口都会摆上面包、鲜牛奶和香肠,专门卖给外国侨民。即使是三年困难时期,自家物资匮乏,也要保证客人的需求,这就是哈尔滨人的

06　美食·时光

波特曼西餐厅

马迭尔西餐厅

波特曼西餐厅的欧式茶杯

波特曼西餐厅的欧式摆件

处事原则。侨民每天早上带着布袋子来华梅西餐厅排队买面包、香肠和牛奶,这是哈尔滨几十年间不变的风景。

民国初年,东陆商报馆出版发行了一本《哈尔滨指南》,提到了铁路俱乐部西餐厅,不仅有上等厨房,还提供外卖服务,因为来哈尔滨旅游的人多,所以他们的外卖,销售得特别好。坐落在松花江畔的江畔餐厅,20世纪20年代曾是中东铁路职工货场用房。劳累了一天的工人,经常在这里点上火炉、烤肉、喝酒、唱歌,卸掉一天的疲惫。1938年,日本籍建筑师大古周造把它设计成俄式主题餐厅,也叫小游艇俱乐部饭店。犹太肉、红菜汤、俄式面包,多款经典菜肴让人回味无穷。伴随着悠扬典雅的音乐,在这里享受美味的食客们,还可以欣赏到松花江江景,多了几分从容和优雅。

华梅西餐厅

味蕾记忆中的经典菜品

在这些闻名遐迩的西餐厅里，欧式复古餐台、华丽的大吊顶美轮美奂，洁白的桌布上，酒杯、刀叉优雅地晃动，人们在摇曳的烛灯下一尝一饮。

俄式红菜汤是在哈尔滨吃西餐必点的一道菜，这道色彩鲜艳、营养丰富的汤品，主要由甜菜根、土豆、胡萝卜等蔬菜熬制而成。在寒冷的冬日里，一碗红菜汤不仅能驱散寒冷，那酸甜咸完美统一的口味，还能引人无限遐思。

著名的乌克兰菜肴基辅鸡排，在哈尔滨同样备受青睐。鸡肉卷裹着黄油、蒜末和香草，经过炸制后外酥里嫩，奶香与肉香完美融合。

罐虾、罐羊、罐牛是哈尔滨西餐中的明星菜品，食材精致，口感细腻，大受欢迎。

意大利面在哈尔滨的西餐厅中也占有一席之地，很多餐厅开发了靠近北方人口味的一些做法，在口感上也很被哈尔滨人接受、喜欢。

餐后甜品是俄式的最佳选项，提拉米苏的甜蜜、牛奶冰激凌的醇厚奶香，都是很多人的不二选择。还有很多改良的现代做法也深受欢迎，比如"面包诱惑"，刚刚烘烤出炉的法式经典焦糖吐司中间放上香草冰激凌，带着酥脆麦香的面包蘸冰激凌，有着一种任性的可爱，很多女孩子都特别喜欢这道菜。

历经百年依然火爆的餐厅，菜品必然在不断创新、不断丰富，做法和口味也必然会与本土的口味结合，往往是将传统的欧洲烹

06 美食·时光

红菜汤

意大利面

饪技法与本地食材巧妙结合。比如,源自俄罗斯的罗宋汤在哈尔滨经过改良后,加入了更多本地蔬菜和香料,呈现出更加丰富的层次感;使用东北特有的黑木耳、松子等食材制作的创意菜品,让食客们品尝到了别样的美味。

这些经典的菜品承载着历史的记忆,每吃一口,都是味蕾上的旅行——红菜汤的酸甜交织,让人想起与恋人相约的那个寒冷冬天里的温暖;基辅鸡排的外酥里嫩,仿佛能让人听到那来自遥远国度的声音;俄国奥利维耶沙拉的丰富色彩,则像是油画布上的美丽配色,对俄侨形成一种故园的精神召唤。这些菜品不仅满足了食客味蕾的需求,更是触动了心底最柔软的部分。

2017年7月8日,哈尔滨被中国饭店协会授予"中国西餐之都"称号。"哈尔滨是中国俄式西餐的鼻祖,是中国当之无愧的西餐之都",这是中国饭店协会评审委员会10余位餐饮专家对哈尔

香煎马哈鱼

滨获得"中国西餐之都"的一致评价。

流传百年的西餐厅故事

美食能让人真正认识一座城市,进而爱上这座城市。

这些百年西餐厅,就是我们爱上哈尔滨的理由之一。在这些餐厅里,每一顿饭都不仅仅是一次简单的聚餐,而且是一场情感的交流。许多人在这里与朋友相聚、与恋人相约、与家人庆祝,每一次都留下珍贵的回忆。当你步入这些餐厅,不妨放慢脚步,细细品味,感受它们带来的味觉与情感体验,你会在这份穿越时光的美味中找到属于自己的那份感动。

建于1901年的塔道斯西餐厅,以独特的高加索风味烤肉而驰名。创建者塔道斯1876年出生在亚美尼亚,他的父亲在亚美尼亚宫廷做御厨,塔道斯经常到宫廷中去玩,美丽的公主和他年龄相当,两小无猜,塔道斯与公主恋爱了。可是,因门不当户不对,两个年轻人只好挥泪诀别。1900年,失恋的塔道斯来到了哈尔滨,先在西香坊创办了哈尔滨第一家西餐馆,后来陆续在南岗和道里开了两家餐馆和哈尔滨第一家葡萄酒酿制作坊。嗅到中央大街(也叫中国大街)商机的塔道斯,在中国大街和商市街口创办了塔道斯西餐歌舞厅,每晚8时以后,餐厅内都有西洋美女在爵士乐队的伴奏下跳舞。爵士乐队、交际舞池、西洋美女共同营造的时髦氛围,很快就在哈尔滨大受欢迎。店家还适时打出一则耀眼的广告:塔道斯西餐厅是哈尔滨最早的,也是仅此一家正宗的高加索风味西餐厅。高加索烤羊腿、啤酒鹿肉大块、腌香草青柠三文鱼、酸椰菜、高加索烤串、奶汁肉饼、奶汁焗烤鳜鱼、炒奶油什锦海鲜、红菜头沙拉、酸奶油煎饼等，成为百年来这里百尝不厌的招牌菜。

塔道斯特意在店中放了留言簿，来店里的客人可以写下自己的故事和自己的祝福。来哈尔滨演出的著名艺术家，领事馆、外交团体的官员，学术和政治会议的代表，还有许多旅行者都曾在塔道斯西餐厅吃饭，在留言簿中写下了自己的祝福。来到塔道斯西餐厅，会看到一面墙上张贴的都是食客们的留言。一位八旬的老俄侨就餐后写道："在澳大利亚吃不到这样正宗的俄式大餐。这次回哈尔滨，就是奔塔道斯来的。"留言簿里还有一些年轻人写下他们就餐时的心情、对恋人的表白等。

建于 1901 年的塔道斯西餐厅

1936年3月，夏里亚宾在哈尔滨巡回演出，他听说哈尔滨有一处高加索风味的西餐厅特别有名，但不巧的是，他生病了，只能在宾馆休养。知道了他的心愿，塔道斯西餐厅每天都给他送去精心制作的菜肴。离别哈尔滨时，夏里亚宾委托自己的秘书将自己签名的照片赠给塔道斯西餐厅的主人。照片上写道：

赠"塔道斯"先生，祝生意兴隆。费多尔·伊万诺维奇·夏里亚宾。一九三六年。

如今，曾经陪伴塔道斯的钢琴还在，浪漫和忧伤的韵律仍在回旋。哈尔滨西餐厅中的故事也会继续续写下去。

哈尔滨的禀赋究竟是什么？
我想，是优雅。
哈尔滨西餐的文化意义已经超出了它的味蕾本身，融汇了中西方文明，在小小的一方餐桌上，展示生活的品位与情调，追求舒适、彬彬有礼、温文尔雅的生活方式。

在哈尔滨这些百年西餐厅用餐，我们不仅能品尝到穿越时光的美味，更能体会到那些沉淀在食物中的岁月痕迹。我们在享受美食的同时，不妨放慢脚步，细细品味这些餐厅背后的独特故事，感受那份来自时光的温暖与感动，体悟这座城市独有的优雅与魅力。

我在露西亚等你：
赴浪漫下午茶之约

在中央大街和西头道街交叉口的西头道街57号，有一家著名的俄式西餐店，叫露西亚咖啡西餐。如果你是到中央大街打卡的游客，往往会在不经意间错过它，因为餐厅的牌匾，被门口的树和藤蔓淘气地遮住了。但是露西亚却不以为意，好似叶卡捷琳娜时代的贵族小姐，不会将街上匆匆碌碌的游客看不到自己这件事放在心上，而是更在意自己的格调和风范。

俄侨尼娜的故事

"露西亚"（RUSSIA）是英语俄罗斯的音译。露西亚咖啡西餐厅的另一个名字叫哈尔滨俄侨纪念馆。走进露西亚西餐厅，也是在参观俄侨纪念馆。纪念馆以一个名叫尼娜的俄侨为主角，展示了大量俄侨照片和他们的生活用品。

故事要从1910年说起。1910年12月，一位叫达维坚果·尼娜·阿法纳西耶夫娜的俄国

06 美食·时光

每一座城市都有自己独特的风情。这风情，往往就聚焦在城市的某一条街道、某一种独具特色的食物，甚至是在某一个地名或某一种植物上。对哈尔滨来说，我想，这风情就是中央大街的露西亚西餐厅。

中央大街方向拍摄的露西亚餐厅（组图）

露西亚餐厅

女孩,出生在黑龙江横道河子。她的父亲是为了修筑中东铁路来到中国的,当时横道河子是建设中东铁路的指挥中心。后来,她的父亲又到哈尔滨工作,此生再也没有回到俄国,去世后与她的母亲合葬在哈尔滨皇山公墓的俄侨墓地。

3岁时,尼娜随父母来到哈尔滨。像所有俄罗斯美女一样,青年尼娜身材比例极佳,皮肤白皙,金发碧眼,性情温柔。情窦初开深陷爱情时,尼娜和恋人海誓山盟,情比金坚。但可惜的是,恋人意外早逝。尼娜从此关上心门,独自生活,孤寂美丽。

1936年,尼娜一家迁入红专街与通江街交叉处的一幢二层小楼,这幢房子是由她爸爸和叔叔设计的。尼娜曾在道里秋林公司做会计,后来升任财务部主任。直到1953年10月,秋林公司被

露西亚餐厅内部

苏联有偿转让给中国后，由于尼娜不懂中文，次年她便无奈地丢掉了工作。1956年，尼娜被哈尔滨工业大学图书馆录用为俄文书籍管理员，中苏关系恶化后尼娜又失去了这份工作。之后，她在道里区上游街的哈尔滨苏联侨民会（现哈尔滨科学宫）继续做会计，薪酬微薄。中苏关系发生重大转向后，很多定居在哈尔滨的俄罗斯人选择了离开，尼娜的兄弟姐妹都移居到澳大利亚和新西兰，但她选择继续留在哈尔滨。后来，尼娜的父母相继过世，只留下了尼娜一个人，但她还是舍不得离开哈尔滨，即使一个人孤独地生活，仍是愿意留在这里。

尼娜曾在历次运动中饱受迫害，甚至遭到谩骂、被扔砖头。她不会讲汉语，仅仅几个词无法表达她所要说的事情，但她非常有教养。遇到有人欺负她时，她只是停下脚步，伸长食指，拇指扣在中指上，圈起无名指和小指左右摆动，示意这样不好。实在疼痛难忍的时候她才会用俄语说："为什么要这样？不要这样，我只是在走路。"

晚年，尼娜基本都是宅在家里读书、弹琴，直到2001年9月26日孤独离世，她在中国整整生活了91年。尼娜被安葬在哈尔滨市郊皇山公墓的俄侨墓地里，与她生前好友瓦莉亚的坟墓相邻，离她父母的合葬墓也很近。

露西亚餐厅里，在尼娜曾经弹奏过的钢琴上，放着她的生平简介，读后让人唏嘘不已。

达维坚果·尼娜·阿法纳西耶夫娜生平简介

1910年12月8日出生在黑龙江横道河子的一栋二层楼房内。

尼娜生前弹奏的钢琴和珍藏的照片

三岁随父母来到哈尔滨，住在道里区中国五道街。

1936年迁入红专街与通江街交叉处的二层楼房的新居（1993年拆毁）。

……

1972年12月14日，她的母亲在睡眠中去世。她的精神受到很大的打击。从此几间空旷的大房子里只有她一个人和留下的家具、一架旧钢琴及许多照片在一起。对上帝的信仰和对房屋财产的守护，有力地支持着她的生命。忍受无数难以想象的艰辛顽强地活着。

这就是俄侨尼娜的故事。

餐厅的俄式风情

从中央大街上看露西亚西餐厅，是一栋巴洛克式建筑。门口有欧式风格的栅栏、座椅，门两边种有爬藤类植物与矮灌木类树木，餐厅的大门则是俄式风格的窄高型多玻璃块式双开门。

推开爬着藤蔓的两扇门，浓郁的俄罗斯风情扑面而来，有种来到了异域的感觉。这里的家具都是尼娜生前留下来的，难得的是保持得完好无损。餐厅内有很多照片，是尼娜和她的亲人们在20世纪的留影。

餐厅里保留有尼娜当年所用过的钢琴、生活用品，还有一盆到目前为止已经有80多岁高龄的盆栽。钢琴是1889年法国制作的名琴，尼娜在世的时候每天弹奏。孤独的她，每天与音乐对话。

店里的壁柜里是俄罗斯的艺术藏品，包括精品相机，还有小提琴、巴扬、巴拉莱卡等乐器。餐厅门口有一个摆满了俄国烈酒的柜台，伏特加是俄侨不可或缺的饮品，即使辗转千里之外也使他们无法忘怀。

餐厅里最引人瞩目的，是餐厅正中央的壁炉上挂着一幅肖像画。那是一幅1906年创作的油画，画面上看书的女子神色沉静，是餐厅经营者的曾外祖母。画中人的生平事迹，今天已经无法追溯，但从其端庄优雅的气质中，可以看出她应该是一个生活优渥、很有修养的妇人。

这里与其他西餐咖啡馆最大的不同，就是面积不大，仅能摆放八九张餐桌，只要进了房间，就好像来到了俄罗斯人的家中。餐厅菜品不多，但都是非常地道的俄式西餐，红菜汤口味经典，黑椒土豆泥绝对够味，咖啡也研磨得很好喝，非常适合下午茶约会。

藤萝掩映中的露西亚餐厅

餐厅窗台的盆栽欣欣向荣（组图）

06 美食·时光

店内展出大量俄侨用品（组图）

店主曾外祖母画像

走进电影的哈尔滨忧伤

尼娜生前有写日记的习惯，留下了希望在她去世后，有人能保护好她家的家具、钢琴、照片的遗嘱。店主的母亲也出生在横道河子，与尼娜一家很早就开始交往，相继来到哈尔滨后，两位女士成为好友。得知尼娜的遗嘱后，店主便买下了尼娜的家具、钢琴和值得纪念的物品。

当年哈尔滨有很多俄侨经营俄式西餐，吃自己的家乡饭，是他们怀念家乡的一种方式。

俄侨在与哈尔滨本地人长时间的接触中，融入了哈尔滨，并与中国人通婚，生下了很多混血儿，露西亚西餐厅的经营者就是俄国侨民与中国人通婚的后代。时代日新月异，很多老建筑、老地方都消失在了时间里。而露西亚西餐厅则完美地保留了当年俄侨生活的场景，把历史和生活结合起来，成为纪念一段特殊时期、一个特殊人群的历史纪念馆，铭记了俄侨与哈尔滨的深厚情谊。

露西亚餐厅已经成为哈尔滨的一张名片，有很多电影和电视剧在这里取景：电视剧《悬崖》有一整集的内容都是在这儿拍摄的；2023年上映的电影《这么多年》，男女主人公的分别和相聚，都是在露西亚西餐厅，餐厅铭记了他们爱情的美好时刻；香港导演许鞍华拍摄电影《黄金时代》时，在哈尔滨期间几乎天天晚上到露西亚餐厅。她在戛纳电影节上说："最难忘哈尔滨的露西亚。"电影《道高一丈》中有一句台词："我在中央大街'露西亚'等您呢。"据说就是因为导演特别喜欢露西亚的独特情调。

下午的阳光透过俄式门窗射入屋里的时候，我来到露西亚点

店内展出大量俄侨用品

了一杯咖啡，一份黑椒土豆泥。静静地坐着，欣赏着屋里的老物件、老照片、钢琴，还有油画中那位面容姣好的女子。中央大街熙熙攘攘，露西亚却闹中取静，在这里品一品手磨咖啡、手工酸奶或者是果茶、伏特加，再来一块俄式甜点提拉米苏，岁月静好中，惬意地与友人来一场下午茶约会。

走出露西亚，步入夕阳的余晖，仿佛从俄侨的历史中穿越回现实。从中央大街走到防洪胜利纪念塔，看一看波涛滚滚的松花江，感叹这个城市百年发展中一个个鲜活生命的故事，感受松花江不断向前的步伐……

哈尔滨美食新发现，记录你的味蕾体验吧。

哈尔滨早市：
暖暖的人间烟火气

来一座城市，一定要徒步深入城市里的居民区，才能真正了解这座城市，感受这座城市的生活气息和温度。

哈尔滨这座充满异域风情的城市，除了冰雪大世界和中央大街，还有另一番不可错过的风景——早市。在这里，你可以找到最地道的东北味道。当第一缕阳光穿透薄雾，哈尔滨的早市便开始热闹起来了。

让我们一起走进充满人间烟火气的早市，探索那些让人难以忘怀的哈尔滨美味。

火出圈的红专早市

2023年冬天火出圈的红专早市，是很多人沿着各种小视频平台的味蕾地图，品尝哈尔滨美味的首选。

南方游客慕名来红专街早市打卡，开心"逛吃逛吃"——这个内涵和声音都无比生动又丰富的词汇，恰当地描绘了红专早市的热闹。

我刷到过一个小视频，一个帅气的广东大男孩，筷子举着黏豆包，用粤语腔调的普通话骄傲地说："现在，哈尔滨人都要看我

红专早市

们南方人做的哈尔滨旅游攻略了,红专街早市的好吃的,你跟着我就对了。"

这个大男孩对哈尔滨的热情、热爱,成功激发了我这个哈尔滨人去新晋网红早市打卡的想法,用南方游客的视角重新看我们每天生活的这座城市,一定会有不一样的感受。

红专早市位于哈尔滨道里区红专街,与著名的中央大街仅咫尺之遥。这里汇聚了各种地道的东北小吃。我是早晨7:50到的,据攻略说,这个时间段是人流最多、最热闹的。

早市人多得简直挪不动步,几乎每家店前面都排着长队。排骨包子蒸屉,已经在炉子上小山一样地码好;玉米馍馍的香味混合着热气腾腾的蒸汽,在晨光中显得格外诱人;现磨的豆浆一杯

大黄米黏豆包

杯排列整齐，各种口味都有，喝一杯，肚子立刻暖起来……

尹胖子油炸糕排队的队伍简直吓到我了，真是一条蜿蜒的"长龙"。很多人来红专早市，就是为了吃尹胖子油炸糕。油炸糕现做现炸，外皮酥脆，咬一口，糯米的清甜与软糯让人欲罢不能。我喜欢吃玫瑰豆沙馅的，咬到时，都不舍得马上咽下去，想把玫瑰的花香和红豆的甜香在嘴里多停留一会儿。尹胖子油炸糕特别红火，每次去都要排队，排30多分钟才能买到自己心仪的美味。这等待的过程，也是享受美味的一部分吧？因为期待，会让你品尝到的美食味道更加生动鲜活。

早市的美食还有油条、豆腐脑、东北饭包等。迎着清晨的阳光，在红专早市随意走走停停，在四起的叫卖吆喝声中，感受来自这个城市的清晨问候。

在这里，只要顾客满意，店家是"怎么滴"都行。皇上和财神爷穿戴整齐，给顾客恭敬端送食物。夏天，在红专街与经纬街交口入口处，煮好的绿豆水和酸梅汤摆放在桌子上，在早市溜达一圈后，来一碗冰凉的绿豆水简直太舒服了。

红专早市，你真得来，在这里逛吃逛吃，元气满满的一天就开始了。

美味是早市的信仰

走进早市，就好像走进一个巨大的万花筒，让人目不暇接，酸甜苦辣咸，软脆冷热鲜，各种各样的食物，应有尽有。从主食到小吃，从餐饮到生鲜，早市就是一场美食的盛宴。

烧卖皮薄馅大，每一口都能感受到鲜美的汁水在口中爆开。

大黄米豆包，米香、豆馅香和白糖的甜味融合，勾起生活的踏实感与幸福感。

冻梨汁冰凉又清甜，夏天早上喝一杯，一天都清凉。

排骨馅包子里的馅是大块拆骨肉，本就香酥软烂，再调成馅儿，做成包子，肉香浸入蓬软的白面，吃一个，一天的能量就是足足的。

巧克力油条，每一口都是对味蕾的极致诱惑。

一碗热气腾腾的羊杂汤，无论冬夏都是早市最火的食物之一，羊杂煮得恰到好处，汤汁浓郁而不油腻，香菜和葱末恰到好处地给羊汤增色增香，喝上一口，特舒坦！

早市的魅力在于它不仅仅是一个购物场所，在这里，美味连

冻梨汁

接人心，成为一个充满温暖与快乐的地方。

在早市，你会看到一个个开开心心又生机勃勃的面孔，每个人的目光都被美食吸引，"美味"已经成为一种信仰，同时也是关于生活的一种美妙体验。

人间烟火气，最抚凡人心

从传统的小吃到创新的美食，从本地特色到异域风味，早市几乎涵盖了所有你能想到的美食佳肴。这种美味不仅仅是一种味觉上的享受，更是文化的传递和情感的交流。在这里，你可以感受到摊主与顾客之间的信任与友情。每当有人品尝到了满意的美食，脸上洋溢的笑容就是对美味最好的肯定。

对哈尔滨早市情有独钟的游客们，总结出了一张哈尔滨早市地图，哈尔滨简直是被他们玩转了！

1. 红专街早市
2. 三姓街早市
3. 安静街早市
4. 北七早市
5. 道里菜市场
6. 动物园早市
7. 永和街早市
8. 经纬十道街早市
9. 北十八道街早市
10. 顾乡早市

11. 革新市场
12. 测绘路早市
13. 苗圃街早市
……

北十八道街早市和安静街早市都有非常有名的鸡蛋汉堡,蛋堡的外皮被煎得金黄酥脆,里面的鸡蛋鲜嫩可口,每一口都能感受到幸福的味道;苗圃街早市的羊汤与火烧是很多人记忆中的温馨味道,羊肉炖得酥烂,汤汁鲜美,火烧外皮烤得酥香,里面则很软绵,吃起来既有嚼劲又有香气;哈西早市是年轻人聚集的地方,这里的豆腐脑种类繁多,无论是甜豆腐脑还是咸豆腐脑,都能满足不同人的偏好,搭配上各种口味的油条,在忙碌的生活中,这样一顿简单的早餐也能给人带来满满的幸福感。

蛋堡

走进早市,时间仿佛放缓了。人们无须担忧未来的烦扰和过去的烦恼,只是享受现在的时光、当下的味道。

早市的每一位卖家都是有故事的人,他们的人生都经历了许多起落,然而他们不会在乎那些过往经历,为了营生,他们自信地昂着头,全力以赴经营自己的小小事业。早市里,每一家摊位都是一段故事,每一道美食都是一次旅行。

当太阳缓缓升起,将金色的光芒洒向这座城市的时候,你会发现,这里不仅仅是一个小小的集市,更是一种情感的寄托。生命在这里得到了滋养,心灵在这里得到了抚慰。

哈尔滨的早市,就像一首热情的歌谣,讲述着这座城市与太阳一起醒来,努力前行的故事。在这里,每一声叫卖都充满生活的热情,每一份食材都承载着辛勤的汗水。

来哈尔滨,一定要在早市中走一趟,细细品味,感受哈尔滨人对生活的热爱,对未来的期盼,以及那份烟火漫卷中的热情。

06 美食·时光

早市上的新鲜蔬菜

后 记

  写这篇后记的时候，是立冬，哈尔滨的气温在零下了。微粒般的雪花，已经在清晨亲吻过这座城市，又在白天太阳的热情中消散。一位伦敦大学的教授来到哈尔滨交流访学，工作之余，我们几人一起，到圣·索菲亚教堂、哈尔滨博物馆、老江桥、中央大街、中华巴洛克，一路游玩一路慨叹，慨叹哈尔滨这座城市的丰富，更慨叹冰天雪地之中人类智慧的无限可能。伦敦大学的教授说，他眼中的哈尔滨，比英国BBC（英国广播公司）拍摄的哈尔滨冰雪节纪录片更让他震撼。

  我们可能都曾有过这样的认识误区，以为熟悉的地方没有景色，对我们看惯了的日常风景无感，尤其是看了几十年的风景，更是在心里觉得无趣、晦暗。其实，无趣又晦暗的，是在日常生活中消磨了人生乐趣的我们自己吧！到2024年，我已在哈尔滨生活了33年，我在这座城市学习、工作、生活，快乐、忙碌、迷惘。在匆匆碌碌的生活中，我也曾用笔记录下我对这座城市的感悟，文字散见于《人民日报》（海外版）、《光明日报》、《黑龙江日报》等媒体。但是，匆碌的我并未真正地体味到，作为个体的人与城市之间的彼此共情。直到2024年2月，我决定为这座自己生活了33年的城市写一本书，以一个游客的心态，用欣赏的眼光、愉悦的心情，书写哈尔滨的美与好。此时，我与这座城市的关联按键才真正打开，并因为这书写，更深切地爱上这座城。

后记

　　本书中的图片，是我要特别说明的。这些年，与家人、朋友走读哈尔滨，触目所及的美景，中央大街华灯初上、夕阳落入冰河、松花江半江春水半江冰、丁香公园的丁香花海、古梨园中繁花压枝的老梨树……我都会随手拍下多张照片珍存。准备本书的插图时，在网盘里找寻这些旧照，我也捡拾起了许多曾经的心动时光。为了更好地图说哈尔滨，我的好朋友张英美，按照我在书中所写，于2024年的春天和夏天，走遍哈尔滨的角角落落，拍摄了大量照片，并开心地将这些照片赠予我。她说："如果能让天南海北的读者通过我的照片，喜欢哈尔滨，觉得自己是干了一件大事！"哈尔滨城史文物馆馆长杨伟东先生，是哈尔滨历史文物的收藏家，书稿中的哈尔滨老照片，大多为杨伟东先生分享。另有一些老照片引用自李述笑等主编的《哈尔滨旧影》（人民美术出版社，2000年），政协哈尔滨市委员会编撰的《哈尔滨政协发展历程》两部著作，让今日的我们得以窥见昔日哈尔滨的光景。

　　为书中的篇章配图时，如果觉得某一篇章的照片不够丰富，我还会在我的学生群里喊话，比如问，"谁有怼脸拍那种拍法的丁香花照片？请分享我一下"。我的学生李思远、仲艳青、陈慧萍、梁海丽，都发给我过他们在哈尔滨游玩时拍下的美照。书稿的校对工作要特别感谢张腾达、白云霄两位同学。不只是简单的文字校对，文中关于哈尔滨的所有记载，他们都会查阅大量资料一一核对，以避免可能的错误。这些学生来自祖国各地，在哈尔滨求学，哈尔滨必将成为他们生命中的美好记忆。

　　作者、编辑、读者，是一本书共同的创作者。感谢华文出版社社长包岩女士对本书的策划，书中所附的哈尔滨老城区图、老照片和哈尔滨旅游攻略，都是她的创意，这使得《带上一本书，去哈尔滨》更具历史的深沉意味与现实的使用价值。还要感谢本书的编辑方昊飞老师，这本书的书名，多方论证，一直没有恰切的表达，是她反复沉吟、思量，最终才有了这个亮眼的书名。书的版式、封面设计，昊飞总是先征询我的意见，把我对这本书的全部想象都融入设计之中。我希望这本书的所有细节，都很"哈尔滨"——书页的角落会有雪花和丁香飘落；书的颜色与哈尔滨这座城市的色彩相协配，读者带着这本书，在哈尔滨的大街小巷摆拍的时候，会为这色彩的协配感到惊喜。我的这些想法，昊飞都与美编一一沟通，并落实于书的设计。昊飞还为读者准备了书签盲盒，不同书签绘有哈尔滨不同的地标建筑，随书随机赠送，是赠人玫瑰之美意。作者和编辑的工作随着这本书的出版，阶段性地完成了，接下来就期待读者在阅读过程中的心灵体悟，那是对本书另一层面的再创作。

立冬是古代中国的"四时八节"之一，要以时令佳品祭祀祖先、神灵，祈求来年丰收。立冬，也是哈尔滨的冰雪传奇开始的日子。欧陆风情与东北热情集于一身的哈尔滨，正蓄势待发，诚邀心怀冰雪浪漫的你，带上一本书，来哈尔滨走一走……

刘冬颖

2024 年立冬日